Evgueni Schwartz
Le Dragon (1943)

Traduction d'Anna Louyest, agrégée de russe

LE DOSSIER
Une pièce allégorique sur le totalitarisme

L'ENQUÊTE
L'URSS sous Staline

Notes et dossier
Benoît Louyest
Agrégé de lettres classiques
avec la collaboration d'Anna Louyest

Collection dirigée par
Bertrand Louët

Sommaire

OUVERTURE

Qui sont les personnages ?...................... 4

Quelle est l'histoire ?........................... 6

Qui est l'auteur ?............................... 8

Que se passe-t-il à l'époque ? 9

Vera Moukhina *(1889-1953)*,
L'Ouvrier et la Kolkhozienne *(1937)*,
*moulage en acier inoxydable, 25 m (Moscou,
Centre panrusse des expositions).*

© Hatier, Paris, 2012
ISBN : 978-2-218-95907-3

Le Dragon

Acte premier	13
Acte II	37
Acte III	82

LE DOSSIER

Une pièce allégorique sur le totalitarisme

Repères	116
Parcours de l'œuvre	122
Textes et image	136

L'ENQUÊTE

L'URSS sous Staline 142

Petit lexique du théâtre	155
À lire et à voir	156

* Tous les mots suivis d'un * sont expliqués dans le lexique p. 155.

Le Dragon

Qui sont les personnages ?

Les rôles principaux

LANCELOT

Chevalier errant issu du cycle du roi Arthur, Lancelot parcourt le monde en vue de combattre les injustices et de défendre les opprimés. Cette fois, il tombe amoureux d'Elsa et se donne pour tâche de la sauver des griffes du dragon et de libérer la ville de son joug. Il représente le héros résistant à un régime totalitaire.

CHARLEMAGNE ET ELSA

Humble et charitable, Charlemagne est un archiviste résigné qui perçoit les failles du système. Figure de l'intellectuel opprimé par le régime, symbole du conservatisme, il n'ose pas se révolter contre l'ordre des choses. Sa fille, la belle Elsa, vient d'être choisie par le dragon, qui réclame chaque année une jeune fille comme tribut. L'arrivée de Lancelot va néanmoins lui insuffler un courage dont elle ne se croyait pas capable.

OUVERTURE

LE DRAGON

Emprunté aux légendes et aux contes merveilleux, le dragon apparaît toutefois ici sous la forme d'un homme capable de changer de visage à son gré. Cette figure mouvante, susceptible de reprendre son apparence monstrueuse à tout moment, est en réalité une allégorie du pouvoir totalitaire.

LE BOURGMESTRE ET HENRI

Le bourgmestre administre la ville sous l'emprise du dragon. Dénué de scrupules, il sait écarter ses rivaux et ménager ses propres intérêts, allant jusqu'à contrefaire la folie pour fuir sa responsabilité. Il symbolise le fonctionnaire corrompu.
Son fil Henri, laquais du dragon, chargé notamment de sa propagande, constitue une véritable courroie de transmission du régime. Fiancé à Elsa, il ne cherche pourtant pas à empêcher sa mort.

Les personnages secondaires

Ils relèvent soit de l'univers du récit merveilleux : le chat, l'âne, les tisserands, le facteur d'instruments, le maître bonnetier, soit de celui du récit réaliste, comme les bourgeois ou les amies d'Elsa.

Le Dragon

Quelle est l'histoire ?

Les circonstances

L'intrigue se déroule dans une ville et à une époque non précisées, ce qui lui donne la dimension d'une fable intemporelle et universelle. Un dragon exerce sur la ville sa tyrannie, à laquelle les habitants se sont habitués. On lui livre chaque année une jeune fille, jusqu'au jour où Lancelot survient…

L'action

1. Lancelot apprend que le dragon est sur le point d'emporter la belle Elsa, fille de l'archiviste Charlemagne. Devant leur attitude résignée, le chevalier intrépide défie le dragon, au grand mécontentement du bourgmestre et de son fils Henri, personnages sans scrupule.

2. Sommairement armé, Lancelot fait ses adieux à Elsa et lui déclare son amour. Aidé de cinq artisans, il terrasse le dragon mais sent sa propre vie lui échapper. Pendant le combat, l'opinion publique a brièvement basculé en sa faveur.

OUVERTURE

Le but

Sous l'apparence d'un divertissement, *Le Dragon* est une fable théâtrale sur l'oppression : elle dénonce les totalitarismes de son époque et incite le spectateur à réfléchir sur la liberté humaine. Schwartz y multiplie les références à la guerre et à l'Allemagne nazie, officiellement visée par la pièce, tout en y mêlant des allusions à l'URSS de Staline.

Adolf Hitler et Konstantin Hierl sur la tribune du Congrès de Nuremberg (septembre 1935).

3. Un an après, le bourgmestre, devenu président, se fait passer pour le vainqueur du dragon et laisse sa fonction à son fils Henri, ancien fiancé d'Elsa. On organise le mariage d'Elsa avec le président, son prétendu sauveur.

4. Mais le retour de Lancelot, guéri par la femme d'un bûcheron, vient troubler la fête. Le bourgmestre et son fils sont jetés en prison. Toujours amoureux d'Elsa, le héros a pourtant changé : il nourrit l'espoir de redonner une âme aux habitants…

Le Dragon

Qui est l'auteur ?

Evgueni Schwartz (1896-1958)

- **LA FORMATION**

Evgueni Schwartz naît en 1896 à Kazan, sur la Volga. Fils de médecin, il suit à Moscou des études de droit, qu'il abandonne pour le théâtre en 1917. La troupe qu'il fonde s'installe à Petrograd (devenue Leningrad en 1924, puis Saint-Pétersbourg), mais connaît des difficultés financières et finit par se dissoudre. Il se tourne alors vers le journalisme et l'écriture littéraire.

- **ENTRE FANTAISIE ET SÉRIEUX**

Tournant le dos au réalisme soviétique, Schwartz recourt à la fantaisie du conte pour condamner le conformisme de ses contemporains. Auteur de pièces pour enfants, il écrit aussi des contes dramatiques pour adultes : *Le Roi nu* (1934) et *L'Ombre* (1940), qui empruntent leur sujet à Andersen, et bien sûr *Le Dragon* (1943). Inspirées de la tradition littéraire, ces allégories politiques renvoient parfois dos à dos nazisme et stalinisme.

- **L'ÉCRIVAIN FACE AU RÉGIME**

Schwartz survit aux purges de 1937, par lesquelles le régime de Staline supprimait ses opposants potentiels, mais ses pièces sont censurées. La pièce *Le Dragon* rédigée pendant la guerre, en 1943, est interdite dès la première représentation car on y voit une critique du stalinisme. Elle ne sera pas rééditée avant 1960. Certaines pièces plus féeriques sont acceptées (*Cendrillon*, 1946). Il écrit encore *Le Miracle ordinaire* (1954) sur la puissance de l'amour, et voit publier plusieurs de ses pièces avant de mourir en 1958 à Leningrad.

	1937-1938	1939	1940	1941	1942
HISTOIRE	Grandes purges en URSS	Pacte germano-soviétique (23 août)	Les Allemands à Paris (14 juin)	Offensive allemande contre l'URSS (22 juin)	Début de la « solution finale »
	1937	1938	1940	1941	1942-1944
LITTÉRATURE	Pablo Picasso peint *Guernica*	Sergueï Eisenstein tourne *Alexandre Nevski*	Charlie Chaplin réalise *Le Dictateur*	Dmitri Chostakovitch compose la *Symphonie n° 7 « Leningrad »*	Anne Frank écrit son *Journal*

OUVERTURE

Que se passe-t-il à l'époque ?

Sur le plan politique

● LE RÉGIME DE STALINE
Dans les années 1930, Staline transforme en profondeur l'URSS. Les moyens de répression menacent progressivement tout le monde, et atteignent leur apogée avec les Grandes Purges (1937-1938).

● LA « SOLUTION FINALE »
Le régime nazi élabore des projets contre les « races inférieures » : l'extermination systématique des juifs est mise en œuvre par le IIIe Reich en janvier 1942. Ce régime élimine aussi les handicapés mentaux, les tsiganes, les slaves…

● LA BATAILLE DE STALINGRAD
De juillet 1942 à février 1943, Allemands et Soviétiques livrent à Stalingrad une bataille décisive pour l'issue de la guerre. Les Allemands se rendent le 2 février 1943.

Sur le plan littéraire

● LE RÉALISME SOVIÉTIQUE
Le réalisme soviétique, opposé à l'art abstrait, veut être compris par les masses. Il représente la vie heureuse des ouvriers, des paysans, de l'Armée rouge… À partir de 1933, c'est le seul art admis par le régime. Les écrivains sont contrôlés, mais certains écrivent clandestinement (Boulgakov, Pasternak…).

● LE THÉÂTRE ENGAGÉ EN EUROPE
L'Histoire du XXe siècle incite de nombreux écrivains à s'engager par l'écriture : B. Brecht, déchu de la nationalité allemande, s'exile pour écrire ses pièces ; J. Giraudoux et J. Anouilh dissimulent la satire du monde contemporain sous des sujets mythologiques ; E. Ionesco s'appuie sur l'absurde pour dénoncer les totalitarismes.

1943	1945	1945	1949	1953
Défaite allemande à Stalingrad (2 février)	Conférence de Yalta (Churchill, Roosevelt, Staline ; 2 février)	La Wehrmacht capitule (8-9 mai)	L'Allemagne divisée en deux	Mort de Staline (5 mars)

1943	1944	1946	1949	1956
Evgueni Schwartz écrit *Le Dragon*	Jean Anouilh écrit la pièce *Antigone*	Andreï Jdanov fait dissoudre les revues *Zvezda* et *Leningrad*	George Orwell publie *1984*	Publication des œuvres d'Evgueni Schwartz

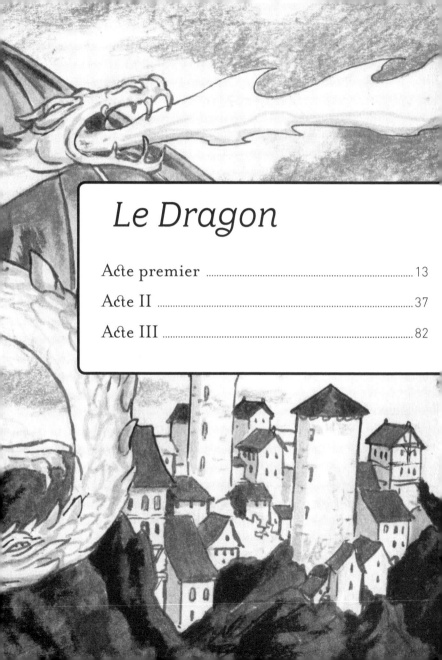

Le Dragon

Acte premier 13
Acte II 37
Acte III 82

Le Dragon

Conte en trois actes, représenté à Moscou en 1944
et interdit jusqu'en 1960

LES PERSONNAGES

Le dragon
Lancelot
Charlemagne, archiviste
Elsa, *sa fille*
Le bourgmestre
Henri, *son fils*
Le chat
L'âne
Le premier tisserand
Le deuxième tisserand
Le maître bonnetier
Le facteur d'instruments
Le forgeron
La première amie d'Elsa
La deuxième amie d'Elsa
La troisième amie d'Elsa
La sentinelle
Le jardinier
Le premier bourgeois
Le deuxième bourgeois
La première bourgeoise
La deuxième bourgeoise
Le petit garçon
Le colporteur
Le geôlier
Les laquais, la garde, les bourgeois

Acte premier

🌱

Une cuisine spacieuse, confortable, très propre, avec un grand foyer au fond. Le sol est en pierre, il brille. Devant le foyer, dans le fauteuil, somnole un chat.

LANCELOT. – (*Il entre, regarde autour de lui, appelle.*) Monsieur le maître ! Madame la maîtresse ! Est-ce qu'il y a quelqu'un, répondez ! Personne... La maison est vide, le portail ouvert, les portes déverrouillées, les fenêtres grandes ouvertes. Heureusement que je suis un homme honnête, autrement, à cette heure, je serais en train de trembler, je regarderais partout, je choisirais un objet de valeur et détalerais à toutes jambes ; mais je ne veux que me reposer. (*Il s'assied.*) Attendons. Monsieur le chat, vos maîtres rentrent bientôt ? Eh bien ! vous vous taisez ?
LE CHAT. – Je me tais.
LANCELOT. – Et pourquoi, puis-je savoir ?
LE CHAT. – Quand on est bien au chaud et dans le confort, il est plus sage de somnoler et de garder le silence, mon cher.
LANCELOT. – Mais tout de même, où sont donc tes maîtres ?
LE CHAT. – Ils sont partis, et c'est extrêmement agréable.
LANCELOT. – Tu ne les aimes pas ?
LE CHAT. – Je les aime de tous les poils de ma fourrure, et de mes pattes, et de ma moustache, mais un immense malheur les menace. Mon âme n'a de repos que lorsqu'ils sortent de la cour.
LANCELOT. – C'est donc cela. Alors un mal les menace ? Mais quel est-il ? Tu te tais ?

Le Dragon

LE CHAT. – Je me tais.

LANCELOT. – Pourquoi ?

LE CHAT. – Quand on est bien au chaud et dans le confort, il est plus sage de somnoler et de garder le silence, plutôt que de fouiller dans un avenir désagréable. Miaou !

LANCELOT. – Chat, tu me fais peur. Dans la cuisine, le feu est allumé de manière si agréable, si soignée, dans le foyer. Je ne veux tout simplement pas croire qu'un mal menace cette maison charmante et spacieuse. Chat, qu'est-ce qui s'est passé ? Réponds-moi donc ! Alors ?

LE CHAT. – Laissez-moi rêvasser, passant.

LANCELOT. – Écoute, chat, tu ne me connais pas. Je suis un homme si mobile que, tel un petit duvet, je voltige dans le monde entier. Et je me mêle des affaires des autres avec une grande facilité. J'ai été blessé à cause de cela dix-neuf fois légèrement, cinq fois grièvement et trois fois mortellement. Mais jusqu'ici je suis vivant, parce que je ne suis pas seulement léger comme un duvet, mais têtu comme un âne. Dis-moi donc, chat, ce qui s'est passé ici. Et peut-être que je sauverai tes maîtres ? Cela m'est déjà arrivé. Alors ? Eh bien ! Comment tu t'appelles ?

LE CHAT. – Marinette.

LANCELOT. – Je pensais que tu étais un chat.

LE CHAT. – Oui, je suis un chat, mais parfois les gens font si peu attention. Mes maîtres s'étonnent, jusqu'à présent, que je n'aie pas encore mis bas[1] une seule fois. Ils disent : « Qu'as-tu donc, Marinette ? » Des gens charmants, pauvres gens ! Mais je ne dirai plus un mot.

---

1. **Que je n'aie pas encore mis bas** : que je n'aie pas encore de chatons.

Acte premier

50 LANCELOT. – Dis-moi seulement : qui sont-ils, tes maîtres ?

LE CHAT. – Monsieur l'archiviste Charlemagne et sa fille unique, dont les petites pattes sont si douces, la bonne, charmante et paisible Elsa.

LANCELOT. – Lequel des deux est donc menacé par le malheur ?

55 LE CHAT. – Ah ! c'est elle, et par conséquent nous tous !

LANCELOT. – Et qu'est-ce qui la menace ? Eh bien !

LE CHAT. – Miaou ! Voilà bientôt quatre cents ans qu'un dragon s'est installé au-dessus de notre ville.

LANCELOT. – Un dragon ? Charmant !

60 LE CHAT. – Il a infligé à notre ville un tribut[1]. Chaque année, le dragon se choisit une jeune fille. Et nous, sans un miaulement, nous la donnons au dragon. Il l'emporte avec lui dans sa caverne. Et nous ne la revoyons plus jamais. On dit qu'elle meurt là-bas de dégoût. Frr ! Va-t-en, va au diable ! Fff !

65 LANCELOT. – À qui parles-tu ?

LE CHAT. – Au dragon. Il a choisi notre Elsa ! Maudit lézard ! Ffff !

LANCELOT. – Combien a-t-il de têtes ?

LE CHAT. – Trois.

LANCELOT. – Convenable. Et de pattes ?

70 LE CHAT. – Quatre.

LANCELOT. – Ma foi, c'est supportable. Avec des griffes ?

LE CHAT. – Oui. Cinq griffes à chaque patte. Et chaque griffe a la taille des bois d'un cerf.

LANCELOT. – Sérieusement ? Et ses griffes, elles sont aiguisées ?

75 LE CHAT. – Comme des couteaux.

LANCELOT. – Bon. Et des flammes, il en crache ?

LE CHAT. – Oui.

---

1. **Tribut** : contribution forcée, don obligatoire.

LANCELOT. – Des vraies ?

LE CHAT. – Les forêts brûlent.

LANCELOT. – Mouais. Et des écailles ?

LE CHAT. – Il en porte.

LANCELOT. – Et ce sont des écailles solides, je suppose ?

LE CHAT. – Bien dures.

LANCELOT. – Mais encore ?

LE CHAT. – Résistant au diamant.

LANCELOT. – Bon. Je me le représente. Sa taille ?

LE CHAT. – À peu près celle d'une église.

LANCELOT. – Mouais, tout est clair. Eh bien ! merci, chat.

LE CHAT. – Vous allez vous battre contre lui ?

LANCELOT. – On verra.

LE CHAT. – Je vous en supplie : défiez-le. Il vous tuera, bien sûr, mais en attendant, on pourra rêver en se prélassant au coin du feu que, par chance ou par miracle, d'une façon ou d'une autre, comme ci ou comme ça, peut-être n'importe comment, mais par hasard, vous le tuez.

LANCELOT. – Merci, chat.

LE CHAT. – Levez-vous.

LANCELOT. – Qu'est-ce qui se passe ?

LE CHAT. – Ils arrivent.

LANCELOT. – Pourvu qu'elle me plaise, ah ! si seulement elle me plaisait ! Cela aide tellement... (*Il regarde par la fenêtre.*) Elle me plaît ! Chat, c'est une excellente jeune fille. Mais quoi, chat, elle sourit ? Elle est tout à fait tranquille ! Et son père lui sourit joyeusement. Tu m'as dupé ?

LE CHAT. – Non. Le plus triste dans cette histoire, c'est qu'ils ont le sourire. Silence. Bonjour ! Venez souper, mes chers amis.

Acte premier

Entrent Elsa et Charlemagne.

LANCELOT. – Bonjour, brave homme et belle demoiselle.

CHARLEMAGNE. – Bonjour, jeune homme.

110 LANCELOT. – Votre maison me regardait de façon si accueillante, le portail était ouvert, et le feu brûlait dans la cuisine, et puis je suis entré sans être invité. Pardonnez-moi.

CHARLEMAGNE. – Il ne faut pas demander pardon, notre porte est ouverte à tout le monde.

115 ELSA. – Asseyez-vous, je vous en prie. Donnez-moi votre chapeau, que je l'accroche derrière la porte. Et je vais mettre la table... Qu'avez-vous ?

LANCELOT. – Rien.

ELSA. – Il m'a semblé que vous... aviez peur de moi.

Le Dragon, mise en scène de Laurent Serrano avec Clémence Boué, Philippe Beautier, Jean-Baptiste Gillet et Bernard Jousset, Théâtre de l'Ouest Parisien, Boulogne-Billancourt (2003).

Le Dragon

120 LANCELOT. – Non, non... C'était passager●.

CHARLEMAGNE. – Asseyez-vous, mon ami. J'aime les voyageurs. Cela vient sans doute du fait que j'ai passé toute ma vie sans sortir de la ville●. D'où arrivez-vous ?

LANCELOT. – Du sud.

125 CHARLEMAGNE. – Et vous avez eu beaucoup d'aventures en chemin ?

LANCELOT. – Ah ! plus que je n'en aurais voulu.

CHARLEMAGNE. – Vous êtes fatigué, probablement. Asseyez-vous donc. Pourquoi rester debout ?

LANCELOT. – Merci.

130 CHARLEMAGNE. – Chez nous, vous pouvez bien vous reposer. Nous avons une ville très paisible. Ici, il ne se passe jamais rien.

LANCELOT. – Jamais ?

CHARLEMAGNE. – Jamais. À vrai dire, la semaine dernière, il y a eu un vent très fort. Il a failli emporter le toit d'une maison.

135 Mais ce n'est pas là un si grand événement.

ELSA. – Voilà, le souper est servi. Je vous en prie. Qu'avez-vous donc ?

LANCELOT. – Pardonnez-moi, mais... vous dites que vous avez une ville très paisible ?

ELSA. – Bien sûr.

140 LANCELOT. – Et... et le dragon ?

CHARLEMAGNE. – Ah ! ça... Mais nous sommes tellement habitués à lui. Cela fait déjà quatre cents ans qu'il vit chez nous.

LANCELOT. – Mais... on me disait que votre fille...

ELSA. – Monsieur le passant...

145 LANCELOT. – Je m'appelle Lancelot.

● Les sentiments de Lancelot sont mitigés : Elsa lui plaît, mais son sourire serein devant la mort lui paraît terrifiant.

● L'auteur fait allusion à la rareté des voyages à l'étranger pour les citoyens soviétiques.

Acte premier

ELSA. – Monsieur Lancelot, pardonnez-moi, je ne vous fais absolument aucune remarque, néanmoins je vous demande ceci : pas un mot là-dessus.

LANCELOT. – Pourquoi ?

ELSA. – Parce qu'on ne pourra rien y faire.

LANCELOT. – Vraiment ?

CHARLEMAGNE. – Oui, il n'y a vraiment rien à faire. Nous venons d'aller nous promener dans la forêt et nous avons si bien discuté, et tellement en détail, à propos de tout. Demain, dès que le dragon l'emportera, je mourrai aussi.

ELSA. – Papa, il ne faut pas en parler.

CHARLEMAGNE. – Voilà, c'est tout, c'est tout.

LANCELOT. – Pardonnez-moi, encore juste une question. Est-il possible que personne n'ait jamais essayé de se battre contre le dragon ?

CHARLEMAGNE. – Ces deux cents dernières années, non. Auparavant, on luttait souvent contre lui, mais il tuait tous ses adversaires. C'est un étonnant stratège[1] et un grand tacticien. Il attaque l'ennemi subitement, d'en haut il le couvre de pierres, puis se précipite à la verticale, droit sur la tête du cheval, et abat sur lui son feu, ce qui démoralise complètement le pauvre animal. Et ensuite, il lacère le cavalier à l'aide de ses griffes. Alors finalement, on a cessé de s'opposer à lui...

LANCELOT. – Et on n'est pas allé l'affronter avec la ville entière ?

CHARLEMAGNE. – On l'a fait.

LANCELOT. – Et alors ?

---

1. **Stratège** : général d'une armée ou personne habile à élaborer des plans.

Le Dragon

CHARLEMAGNE. – Il a brûlé les environs et il a rendu folle la moitié des habitants avec sa fumée toxique●. C'est un grand guerrier.

ELSA. – Reprenez du beurre, je vous en prie.

LANCELOT. – Oui, oui, j'en reprends. J'ai besoin de prendre des forces. Alors comme ça – pardonnez-moi de poser tout le temps des questions – personne n'essaie de s'opposer au dragon ? N'a-t-il pas dépassé toutes les limites ?

CHARLEMAGNE. – Non, pensez-vous ! Il est si bon !

LANCELOT. – Bon ?

CHARLEMAGNE. – Je vous assure. Quand notre ville était menacée par le choléra[1], à la demande du médecin municipal, il a soufflé son feu sur le lac et l'a fait bouillir. Toute la ville a bu de l'eau bouillie et a été sauvée de l'épidémie.

LANCELOT. – C'était il y a longtemps ?

CHARLEMAGNE. – Oh, non. Cela fait seulement quatre-vingt-deux ans. Mais les bonnes actions ne s'oublient pas.

LANCELOT. – Et qu'a-t-il fait encore de bon ?

CHARLEMAGNE. – Il nous a débarrassé des tsiganes[2].

LANCELOT. – Mais les tsiganes sont des gens très charmants.

CHARLEMAGNE. – Que dites-vous là ? Quelle horreur ! À vrai dire, je n'ai vu aucun tsigane de toute ma vie. Mais j'ai appris dès l'école que ce sont des gens affreux●.

LANCELOT. – Mais pourquoi ?

---

1. Choléra : grave maladie intestinale épidémique.
2. Tsiganes : population nomade venue de l'Inde.

● Cette méthode évoque les gaz toxiques utilisés par les Allemands pendant la Première Guerre mondiale.

● Charlemagne a été endoctriné dès l'enfance. En Allemagne nazie, les jeunes écoliers pouvaient même jouer à des jeux de société antisémites.

Acte premier

CHARLEMAGNE. – Ce sont des vagabonds par nature, ils ont cela dans le sang. Ils sont ennemis de tout système étatique ; autrement ils se fixeraient quelque part, au lieu d'errer à droite et à gauche. Leurs chansons sont dépourvues de virilité, et leurs idées sont destructrices. Ce sont des voleurs d'enfants. Ils s'infiltrent partout. Maintenant, nous en sommes complètement purifiés, mais il y a encore cent ans, tout homme brun était obligé de prouver qu'il n'avait pas de sang tsigane.

LANCELOT. – Qui vous a raconté tout cela sur les tsiganes ?

CHARLEMAGNE. – Notre dragon. Les tsiganes ont eu l'insolence de s'opposer à lui dans les premières années de son règne.

LANCELOT. – Ce sont des gens braves, ils ne sont pas résignés.

CHARLEMAGNE. – Il ne faut pas, je vous en prie, il ne faut pas parler comme ça.

LANCELOT. – Qu'est-ce qu'il mange, votre dragon ?

CHARLEMAGNE. – La ville lui donne mille vaches, deux mille brebis, cinq mille poules et soixante livres de sel par mois. En été et à l'automne, on y ajoute encore neuf potagers de salades, d'asperges et de choux-fleurs.

LANCELOT. – Il vous ronge !

CHARLEMAGNE. – Non, quelle idée ! Nous ne nous plaignons pas. Et comment peut-on faire autrement ? Tant qu'il est ici, aucun autre dragon n'ose nous toucher.

LANCELOT. – D'ailleurs les autres, à mon avis, sont terrassés depuis longtemps !

CHARLEMAGNE. – Et si ce n'est pas le cas ? Je vous assure, l'unique moyen de se débarrasser des dragons, c'est d'en avoir un à soi. En voilà assez sur lui, je vous prie. Vous feriez mieux de nous raconter quelque chose d'intéressant.

Le Dragon

LANCELOT. – Bien. Vous savez ce que c'est, le livre des plaintes● ?
CHARLEMAGNE. – Non.
LANCELOT. – Alors sachez-le. À cinq années de marche d'ici, dans les Montagnes Noires, il y a une immense caverne. Et dans cette caverne se trouve un livre, rempli jusqu'à la moitié. Personne n'y touche, mais les pages s'ajoutent aux pages précédemment remplies, elles s'ajoutent chaque jour. Qui écrit ? Le monde ! Les montagnes, l'herbe, les pierres, les arbres, les rivières voient ce que font les gens. Ils connaissent tous les crimes des criminels, tous les malheurs de ceux qui souffrent en vain. De branche en branche, de goutte en goutte, de nuage en nuage, jusqu'à la caverne des Montagnes Noires parviennent les plaintes de l'humanité, et le livre grossit. S'il n'y avait pas sur terre ce livre, alors les arbres se dessécheraient de tristesse, et l'eau deviendrait amère. Pour qui ce livre est-il écrit ? Pour moi.
ELSA. – Pour vous ?
LANCELOT. – Pour nous. Pour moi et quelques autres. Nous sommes des gens attentifs, mobiles. Nous avons appris l'existence de ce livre, et nous n'avons pas eu la paresse de parvenir jusqu'à lui. Mais une fois qu'on a mis le nez dans ce livre, on n'est pas tranquille pendant des siècles. Ah ! il porte bien son nom, le livre des plaintes ! Impossible de répondre à ces plaintes. Et nous y répondons.
ELSA. – Mais comment ?

● En URSS, chaque magasin possédait un « livre des plaintes et des suggestions », où tout le monde pouvait inscrire des réclamations.

Acte premier

LANCELOT. – Nous nous mêlons des affaires des autres. Nous aidons ceux qu'il est nécessaire d'aider. Et nous anéantissons ceux qu'il est nécessaire d'anéantir. Besoin d'aide ?

ELSA. – Comment ?

CHARLEMAGNE. – En quoi pouvez-vous nous aider ?

LE CHAT. – Miaou !

LANCELOT. – Par trois fois j'ai été blessé à mort, précisément par ceux que je sauvais contre leur gré. Et pourtant, bien que vous ne me demandiez rien non plus à ce sujet, je défierai le dragon. Vous entendez, Elsa !

ELSA. – Non, non ! Il vous tuera, et cela empoisonnera les dernières heures de mon existence.

LE CHAT. – Miaou !

LANCELOT. – Je défierai le dragon !

On entend, de plus en plus fort, un sifflement, un vacarme, un hurlement, un rugissement. Les vitres tremblent. Une lueur rougit derrière les fenêtres.

LE CHAT. – Quand on parle du loup !

Hurlement et sifflement s'interrompent subitement. On frappe bruyamment à la porte.

CHARLEMAGNE. – Entrez !

Entre un laquais richement vêtu.

LE LAQUAIS. – Une visite de monsieur le dragon.

CHARLEMAGNE. – Qu'il soit le bienvenu !

Le laquais ouvre grand la porte. Pause. Et voici qu'entre dans la pièce, sans se presser, un homme d'un certain âge, mais vigoureux, paraissant encore jeune, très blond, ayant des manières de soldat. Les cheveux à la brosse. Il a un large sourire. En fait, son comportement, malgré sa grossièreté, n'est pas dénué d'un certain charme. Il est un peu dur d'oreille.

Le Dragon

L'HOMME. – Salut, la compagnie ! Bonjour, Elsa, petit bout de femme ! Mais vous avez un invité. Qui est-ce ?

CHARLEMAGNE. – C'est un voyageur, un passant.

L'HOMME. – Comment ? Fais ton rapport d'une voix forte et distincte, en bon soldat.

CHARLEMAGNE. – C'est un voyageur !

L'HOMME. – Pas un tsigane ?

CHARLEMAGNE. – Pensez-vous ! C'est un homme très charmant.

L'HOMME. – Hein ?

CHARLEMAGNE. – Un homme charmant.

L'HOMME. – Bien. Voyageur ! Pourquoi tu ne me regardes pas ? Pourquoi tu te mets à fixer la porte ?

LANCELOT. – J'attends l'entrée du dragon.

L'HOMME. – Ah ! ah ! Le dragon, c'est moi.

LANCELOT. – Vous ? Mais on m'avait dit que vous aviez trois têtes, des griffes, une taille immense !

LE DRAGON. – Aujourd'hui, je suis tout simple, sans manières.

CHARLEMAGNE. – Monsieur le dragon vit depuis si longtemps parmi les hommes, qu'il se transforme parfois lui-même en homme et passe nous rendre visite en ami.

LE DRAGON. – Oui. Nous sommes de vrais amis, mon cher Charlemagne. Pour chacun de vous, je suis même plus qu'un simple ami. Je suis votre ami d'enfance. En outre, je suis l'ami d'enfance de votre père, de votre grand-père, de votre arrière-grand-père. Je me souviens de votre arrière-arrière-grand-père en culottes courtes. Diable ! Une larme involontaire. Ah ! ah ! L'étranger écarquille les yeux. Tu ne t'attendais pas à de tels sentiments venant de moi ? Alors, réponds ! Tu es désemparé, fils de chienne. Bon, bon. Ça ne fait rien. Ah ! ah ! Hein, Elsa ?

ELSA. – Oui, monsieur le dragon.

Acte premier

LE DRAGON. – Donne ta patte.

Elsa tend la main au dragon.

Coquine. Polissonne. Comme ta main est chaude. Plus haut, le museau ! Souris. Voilà. Qu'est-ce que tu as, passant ? Hein ?

LANCELOT. – J'admire.

LE DRAGON. – Bravo. Tu réponds clairement. Admire. Chez nous, étranger, on parle simplement. En bon soldat. Une, deux, haut les cœurs ! Mange !

LANCELOT. – Merci bien, je n'ai plus faim.

LE DRAGON. – Pas grave, mange. Pourquoi tu es venu ?

LANCELOT. – Pour affaires.

LE DRAGON. – Hein ?

LANCELOT. – Pour affaires.

LE DRAGON. – Mais quelles affaires ? Allez, parle. Hein ? Peut-être que je pourrai t'aider. Pourquoi tu es venu ici ?

LANCELOT. – Pour te tuer.

LE DRAGON. – Plus haut !

ELSA. – Non, non ! Il plaisante ! Voulez-vous que je vous redonne la main, monsieur le dragon ?

LE DRAGON. – Quoi ?

LANCELOT. – Je te défie, tu entends, dragon !

Le dragon se tait, écarlate.

Je te défie pour la troisième fois, tu entends ?

Un triple rugissement, effroyable, assourdissant, se fait entendre. Malgré sa puissance, ce rugissement, qui fait trembler les murs, n'est pas dénué d'une certaine musicalité. Il n'y a rien d'humain dans ce rugissement. C'est le dragon qui le pousse, en serrant les poings et en tapant des pieds.

LE DRAGON. – (*Ayant subitement interrompu son rugissement, calmement.*) Imbécile. Alors, pourquoi tu te tais ? Peur ?

Le Dragon

LANCELOT. – Non.

LE DRAGON. – Non ?

LANCELOT. – Non.

LE DRAGON. – Tant mieux. (*Il fait un léger mouvement d'épaules et change soudain de manière frappante. Une nouvelle tête apparaît sur les épaules du dragon. L'ancienne disparaît sans laisser de traces. Un homme blond, cheveux grisonnants, l'air sérieux, réservé, le front large et le visage étroit, se tient devant Lancelot.*)

LE CHAT. – Ne sois pas surpris, mon cher Lancelot. Il a trois caboches. Et il en change quand il en a envie.

LE DRAGON. – (*Sa voix a changé, tout comme son visage. Faiblement. D'un ton sec.*) Votre nom est Lancelot ?

LANCELOT. – Oui.

LE DRAGON. – Vous descendez du célèbre chevalier errant Lancelot● ?

LANCELOT. – C'est mon parent éloigné.

LE DRAGON. – J'accepte votre défi. Les chevaliers errants, c'est la même chose que les tsiganes. Il faut vous anéantir.

LANCELOT. – Je ne vous laisserai pas faire.

LE DRAGON. – J'ai anéanti : huit cent neuf chevaliers, neuf cent cinq hommes de rang obscur, un vieil ivrogne, deux fous, deux femmes – la mère et la tante de jeunes filles que j'avais choisies – et un garçon de douze ans – le frère d'une des jeunes filles choisies. En outre, ont été anéantis par moi six armées et cinq soulèvements de foule. Asseyez-vous, je vous en prie.

LANCELOT. – (*Il s'assied.*) Je vous remercie.

LE DRAGON. – Vous fumez ? Fumez, ne vous gênez pas.

● Lancelot du Lac fait partie des chevaliers de la Table ronde. Ses épreuves sont racontées dans *Le Chevalier de la charrette* de Chrétien de Troyes.

Acte premier

LANCELOT. – Merci. (*Il prend sa pipe, la remplit de tabac sans se presser.*)

LE DRAGON. – Vous savez quel jour je suis venu au monde ?

LANCELOT. – Un jour néfaste[1].

LE DRAGON. – Le jour d'une terrible bataille. Ce jour-là, Attila lui-même a subi une défaite ; vous vous rendez compte, combien de guerriers il a fallu faire tomber pour cela ? La terre s'est imbibée de sang. Vers minuit, les feuilles des arbres ont bruni. À l'aube, d'immenses champignons noirs – on les appelle des sépulcrolles – ont poussé sur les arbres. Et à leur suite, j'ai rampé hors de la terre. Je suis le fils de la guerre. La guerre, c'est moi. Le sang des Huns qui sont morts coule dans mes veines, c'est un sang froid. Au combat, je suis froid, calme et précis.

Au mot « précis », le dragon fait un léger mouvement de la main. On entend un claquement sec. De l'index du dragon s'échappe une flamme en forme de ruban. Il allume la pipe que Lancelot a fini de remplir à ce moment.

LANCELOT. – Je vous remercie. (*Il tire une bouffée avec délectation.*)

LE DRAGON. – Vous êtes contre moi ; par conséquent, vous êtes contre la guerre ?

LANCELOT. – Quelle idée ! Je passe ma vie à guerroyer.

LE DRAGON. – Vous êtes étranger, ici, mais nous avons appris depuis longtemps à nous comprendre les uns les autres. Toute la ville vous regardera avec horreur et se réjouira de votre mort. C'est une perte sans gloire qui vous attend. Vous comprenez ?

---

1. **Néfaste** : funeste, qui entraîne la mort.

● Attila, roi des Huns, peuple barbare venu des bords de la mer Caspienne, envahit l'Europe et ravagea la Gaule. Sa force destructrice est devenue proverbiale.

Le Dragon

LANCELOT. – Non.

LE DRAGON. – Je vois que vous êtes résolu d'avance.

LANCELOT. – Et plus encore.

LE DRAGON. – Vous êtes un ennemi digne de moi.

LANCELOT. – Je vous remercie.

LE DRAGON. – Je vais vous combattre pour de bon.

LANCELOT. – Parfait.

LE DRAGON. – Cela signifie que je vais vous tuer sur-le-champ. Maintenant. Ici.

LANCELOT. – Mais je ne suis pas armé !

LE DRAGON. – Et vous voulez que je vous donne le temps de vous armer ? Non. Je vous ai bien dit que je vous combattrais pour de bon. Je vais vous attaquer subitement, maintenant... Elsa, apportez le balai !

ELSA. – Pourquoi ?

LE DRAGON. – Je vais maintenant réduire cet homme en cendres, et vous allez balayer ses cendres.

LANCELOT. – Vous me craignez ?

LE DRAGON. – Je ne sais pas ce que c'est que la peur.

LANCELOT. – Pourquoi alors êtes-vous si pressé ? Accordez-moi un délai jusqu'à demain. Je me trouverai des armes, et nous nous rencontrerons sur un champ de bataille.

LE DRAGON. – À quoi bon ?

LANCELOT. – Pour que le peuple ne pense pas que vous avez la trouille.

LE DRAGON. – Le peuple n'en saura rien. Ces deux-là se tairont. Vous allez mourir courageusement, en silence et sans gloire. (*Il lève le bras.*)

CHARLEMAGNE. – Attendez !

LE DRAGON. – Qu'est-ce que c'est ?

Acte premier

CHARLEMAGNE. – Vous ne pouvez pas le tuer.
LE DRAGON. – Quoi ?
CHARLEMAGNE. – Je vous en supplie, ne vous fâchez pas, je vous suis dévoué de toute mon âme. Mais tout de même, je suis archiviste.
LE DRAGON. – Qu'est-ce que votre fonction vient faire ici ?
CHARLEMAGNE. – Je conserve chez moi un document signé par vous il y a trois cent quatre-vingt deux ans. Ce document est toujours en vigueur. Vous voyez, je ne vous contredis pas, je ne fais que rappeler. Et dessus, il y a votre signature : « Le dragon ».
LE DRAGON. – Et puis après ?
CHARLEMAGNE. – C'est ma fille, après tout. Je souhaite évidemment qu'elle vive plus longtemps. C'est tout à fait naturel.
LE DRAGON. – Abrège.
CHARLEMAGNE. – Advienne que pourra : je vous contredis. Vous ne pouvez le tuer. Toute personne qui vous défie est en sûreté jusqu'au jour du combat, écrivez-vous, et vous l'avez confirmé sous serment. Et le jour du combat, ce n'est pas vous qui le fixez, mais lui, celui qui vous défie. Voilà ce qui est dit dans le document, et confirmé sous serment. Et toute la ville se doit d'aider celui qui vous défie, et personne ne sera puni. Cela aussi, c'est confirmé sous serment.
LE DRAGON. – Quand a été rédigé ce document ?
CHARLEMAGNE. – Il y a trois cent quatre-vingt deux ans.
LE DRAGON. – J'étais alors un gamin naïf, sentimental et sans expérience.
CHARLEMAGNE. – Mais le document est toujours en vigueur.
LE DRAGON. – Qu'est-ce que j'en ai à faire...

CHARLEMAGNE. – Mais le document...
LE DRAGON. – Assez avec les documents. Nous sommes des adultes.
CHARLEMAGNE. – Mais c'est vous-même qui l'avez signé... Je peux courir chercher le document.
LE DRAGON. – Halte.
CHARLEMAGNE. – Il s'est trouvé un homme pour tenter de sauver ma fille. L'amour qu'on éprouve pour son enfant, ce n'est sûrement rien de mal. C'est permis. Et en outre, l'hospitalité, bien entendu, c'est permis aussi. Pourquoi donc me regardez-vous avec cet air si terrible ? (*Il cache son visage entre ses mains.*)
ELSA. – Papa, papa !
CHARLEMAGNE. – Je proteste !
LE DRAGON. – Tant pis. Maintenant, je vais anéantir tout le nid.
LANCELOT. – Et tout le monde apprendra que vous êtes un trouillard !
LE DRAGON. – Par qui ?

Le chat s'échappe d'un bond par la fenêtre. De loin, il pousse un sifflement.

LE CHAT. – À tous, à tous, je raconterai tout, tout, vieux lézard !

Le dragon fait à nouveau éclater un rugissement. Ce rugissement est aussi puissant, mais cette fois on y entend distinctement un râle, des gémissements, une toux saccadée. Ce rugissement est poussé par un gigantesque monstre antique, rempli de méchanceté.

LE DRAGON. – (*Ayant subitement interrompu son hurlement.*) Soit. Nous nous battrons demain, comme vous l'avez demandé.

Il sort rapidement. Et, à présent, derrière la porte, s'élèvent un sifflement, un grondement, un vacarme. Les murs tremblent, la lampe clignote. Sifflement, grondement et vacarme s'apaisent en s'éloignant.

Acte premier

CHARLEMAGNE. – Il est parti. Qu'est-ce que j'ai fait ! Ah ! qu'est-ce que j'ai fait ! Maudit vieil égoïste que je suis. Mais de toute manière, je ne pouvais pas faire autrement ! Elsa, tu m'en veux ?

ELSA. – Mais non, quelle question !

CHARLEMAGNE. – Je suis tout à coup terriblement affaibli. Pardonnez-moi, je vais me coucher. Non, non, ne m'accompagne pas. Reste avec notre hôte. Occupe-le par ta conversation. Il a été si aimable envers nous. Pardonnez-moi, je vais aller me coucher. (*Il sort.*)

Pause.

ELSA. – Pourquoi avez-vous entrepris tout cela ? Je ne vous fais pas de reproches, mais tout était si clair et si digne. Ce n'est vraiment pas si effrayant de mourir jeune. Tout le monde vieillira, sauf toi.

LANCELOT. – Qu'est-ce que vous dites ! Réfléchissez ! Même les arbres poussent un soupir, quand on les abat.

ELSA. – Mais je ne me plains pas.

LANCELOT. – Et vous n'avez pas pitié de votre père ?

ELSA. – Mais il va mourir juste au moment où il veut mourir. Au fond, c'est le bonheur.

LANCELOT. – Et vous ne regrettez pas de quitter vos amies ?

ELSA. – Non, si ce n'était pas moi, le dragon aurait choisi l'une d'entre elles.

LANCELOT. – Et votre fiancé ?

ELSA. – Comment savez-vous que j'avais un fiancé ?

LANCELOT. – Je l'ai pressenti. Et vous ne regrettez pas de le quitter, votre fiancé ?

ELSA. – De toute façon, pour consoler Henri, le dragon l'a désigné comme son secrétaire personnel.

Le Dragon

LANCELOT. – Ah ! c'est donc cela. Dans ce cas, évidemment, il n'y plus autant de regret à le quitter. Mais votre ville natale ? Vous ne regrettez pas de la laisser ?

ELSA. – Mais c'est justement pour ma ville natale que je meurs.

LANCELOT. – Et elle accepte votre mort avec indifférence ?

ELSA. – Non, non ! Ma vie s'arrête dimanche, mais toute la ville portera évidemment le deuil jusqu'au jour même de mardi. Pendant trois jours entiers, personne ne mangera de viande. Avec le thé, on servira des pâtisseries spéciales portant le nom de « pauvre jeune fille », en ma mémoire●.

LANCELOT. – Et c'est tout ?

ELSA. – Et que peut-on faire encore ?

LANCELOT. – Tuer le dragon.

ELSA. – C'est impossible.

LANCELOT. – Le dragon vous a déboîté l'âme, empoisonné le sang et brouillé la vue●. Mais nous allons corriger tout cela.

ELSA. – Il ne faut pas. Si ce que vous dites de moi est vrai, alors il vaut mieux que je meure.

Le chat entre en courant.

LE CHAT. – Huit de mes amies chattes et quarante-huit de mes chatons ont parcouru toutes les maisons et ont parlé de la bagarre imminente. Miaou ! Le bourgmestre[1] accourt.

LANCELOT. – Le bourgmestre ? Charmant !

---

1. **Bourgmestre** : équivalent du maire dans les pays germaniques.

● Cette réplique* parodie les journées de deuil décrétées en URSS après un événement grave.

● On notera la violence du lexique pour décrire les méthodes du dragon. La torture, coutumière en Allemagne nazie, fut autorisée en URSS en 1937 pour les grandes purges.

Acte premier

Le bourgmestre entre en courant.

LE BOURGMESTRE. – Bonjour, Elsa. Où est le passant ?

LANCELOT. – Je suis là.

LE BOURGMESTRE. – Avant tout, soyez gentil, parlez un peu plus bas, autant que possible sans geste, avancez doucement et ne me regardez pas dans les yeux.

LANCELOT. – Pourquoi ?

LE BOURGMESTRE. – Parce que j'ai les nerfs dans un état épouvantable. Je souffre de toutes les maladies des nerfs et de toutes les maladies psychiques qui existent sur terre, et, en supplément, de trois autres encore, jusqu'ici inconnues. Vous pensez qu'il est facile d'être bourgmestre sous le règne d'un dragon ?

LANCELOT. – Je vais tuer le dragon, et vous irez mieux.

LE BOURGMESTRE. – Mieux ? Ah ! ah ! mieux ! Ah ! ah ! mieux ! (*Il tombe dans un état d'hystérie[1]. Il boit de l'eau. Il se calme.*) Le fait que vous avez osé défier monsieur le dragon est un malheur. Les affaires étaient en ordre. Monsieur le dragon, par son influence, tenait dans ses mains mon adjoint, un salaud comme on en voit peu, et toute sa bande de vendeurs de farine. Maintenant, tout s'embrouille. Monsieur le dragon va se préparer au combat et il abandonnera la gestion des affaires de la ville, auxquelles il venait de commencer à réfléchir.

LANCELOT. – Comprenez donc, malheureux, que je vais sauver la ville.

LE BOURGMESTRE. – La ville ? Ah ! ah ! La ville ! La ville ! Ah ! ah ! (*Il boit de l'eau, il se calme.*) Mon adjoint est un si grand salaud que je vais sacrifier deux villes, rien que pour l'anéantir. Cinq

---

1. **Hystérie** : troubles psychiques affectant souvent la sensibilité (rires, pleurs...).

Le Dragon

dragons valent mieux qu'une vermine comme mon adjoint. Je vous en supplie, partez.

LANCELOT. – Je ne partirai pas.

LE BOURGMESTRE. – Félicitations, j'ai un accès de catalepsie[1]. (*Il se fige avec un sourire amer.*)

LANCELOT. – Mais je vous sauverai tous ! Comprenez-le !

Le bourgmestre se tait.

Vous ne comprenez pas ?

Le bourgmestre se tait. Lancelot l'asperge d'eau.

LE BOURGMESTRE. – Non, je ne vous comprends pas. Qui vous demande de vous battre avec lui ?

LANCELOT. – Toute la ville le veut.

LE BOURGMESTRE. – Ah, oui ? Regardez par la fenêtre. Les meilleurs hommes de la ville ont accouru pour vous demander de plier bagage.

LANCELOT. – Où sont-ils ?

LE BOURGMESTRE. – Là, ils se serrent près des murs. Approchez davantage, mes amis.

LANCELOT. – Pourquoi marchent-ils sur la pointe des pieds ?

LE BOURGMESTRE. – Pour éviter de me mettre sur les nerfs. Mes amis, dites à Lancelot ce que vous voulez de lui. Allez ! Une, deux, trois !

LE CHŒUR DES VOIX. – Partez loin de chez nous ! Au plus vite ! Aujourd'hui même !

Lancelot s'écarte de la fenêtre.

LE BOURGMESTRE. – Vous voyez ! Si vous êtes quelqu'un d'humain et de cultivé, vous vous soumettrez à la volonté du peuple●.

---

1. **Catalepsie** : état figé, immobile, propre à certaines maladies psychiques.

● Le discours officiel des régimes totalitaires tend à faire croire que toutes les décisions sont issues de la volonté du peuple.

Acte premier

LANCELOT. – À aucun prix !

LE BOURGMESTRE. – Félicitations, j'ai un léger dérangement cérébral. (*Il appuie un bras sur sa hanche et courbe l'autre élégamment.*) Je suis une théière, faites-moi infuser !

LANCELOT. – Je comprends pourquoi ces gens médiocres sont accourus sur la pointe des pieds.

LE BOURGMESTRE. – Alors, pourquoi cela ?

LANCELOT. – Pour éviter de réveiller les véritables gens. Je m'en vais de ce pas leur parler. (*Il sort.*)

LE BOURGMESTRE. – Faites-moi bouillir ! D'ailleurs, qu'est-ce qu'il peut faire ? Le dragon ordonnera, et nous le mettrons en prison. Ma chère Elsa, ne vous inquiétez pas. À la seconde près, dans le délai fixé, notre cher dragon te serrera dans ses bras. Sois tranquille.

ELSA. – Bien.

On frappe à la porte.

Entrez.

Entre le même laquais que celui qui a annoncé l'arrivée du dragon.

LE BOURGMESTRE. – Bonjour, fiston.

LE LAQUAIS. – Bonjour, père.

LE BOURGMESTRE. – Tu viens de chez lui ? Il n'y aura aucun combat, bien sûr ? Tu apportes l'ordre de jeter Lancelot en prison ?

LE LAQUAIS. – Monsieur le dragon ordonne : premièrement, de fixer le jour du combat à demain ; deuxièmement, de fournir des armes à Lancelot ; troisièmement, d'être un peu plus intelligent.

LE BOURGMESTRE. – Félicitations, j'ai perdu la raison. Raison ! Aïe ! Réponds ! Sors !

LE LAQUAIS. – J'ai ordre de parler avec Elsa en tête-à-tête.

Le Dragon

LE BOURGMESTRE. – Je sors, je sors, je sors ! (*Il s'éloigne à la hâte.*)
LE LAQUAIS. – Bonjour, Elsa.
ELSA. – Bonjour, Henri.
HENRI. – Tu espères que Lancelot te sauvera ?
ELSA. – Non. Et toi?
HENRI. – Moi non plus.
ELSA. – Qu'est-ce que le dragon t'a chargé de me dire ?
HENRI. – Il m'a chargé de te dire de tuer Lancelot, si nécessaire.
ELSA. – (*Épouvantée.*) Comment ?
HENRI. – Avec un couteau. Le voici, c'est un petit couteau. Il est empoisonné…
ELSA. – Je ne veux pas !
HENRI. – Mais là-dessus, monsieur le dragon m'a chargé de dire qu'autrement il massacrera toutes tes amies.
ELSA. – Bon. Dis-lui que je m'y efforcerai.
HENRI. – Là-dessus, monsieur le dragon m'a chargé de dire : toute hésitation sera punie comme une insoumission.
ELSA. – Je te déteste !
HENRI. – Là-dessus, monsieur le dragon m'a chargé de dire qu'il sait récompenser les serviteurs fidèles.
ELSA. – Lancelot le tuera, ton dragon !
HENRI. – Et là-dessus, monsieur le dragon m'a chargé de dire : on verra !

RIDEAU

Acte II

La place centrale de la ville. À droite, l'Hôtel de Ville, avec une tourelle sur laquelle se tient une sentinelle. Devant nous, un immense bâtiment marron et lugubre, sans fenêtres, avec une gigantesque porte en fonte qui traverse tout le mur, de la base jusqu'au toit. Sur la porte, il est écrit en lettres gothiques[1] : « Entrée absolument interdite aux hommes. » À gauche, le large mur d'une forteresse ancienne. Au centre de la place, un puits, avec une rampe ciselée et un petit toit. Henri, sans sa livrée[2], en tablier, nettoie les ornements de cuivre sur la porte en fonte.

HENRI. – (*Il chantonne.*) On verra, on verra, clama le dragon. On verra, on verra, rugit vieux Dra-Dra. Vieillard Dracounet tonna : on verra, bon sang ! Et nous vrai', nous verrons vraiment ! On verra, tralala !

Le bourgmestre sort de l'Hôtel de Ville en courant. Il porte une camisole de force[3].

LE BOURGMESTRE. – Bonjour, fiston. Tu m'as fait appeler ?

HENRI. – Bonjour, père. Je voulais apprendre comment ça se passe, de votre côté. La séance du conseil municipal est levée ?

---

1. **Lettres gothiques** : écriture longtemps utilisée en Allemagne en concurrence avec les caractères romains.
2. **Livrée** : costume de domestique.
3. **Camisole de force** : blouse à manches fermées, utilisée pour maîtriser les malades mentaux agités.

Le Dragon

LE BOURGMESTRE. – Loin de là ! Pendant une nuit entière, c'est à peine si nous avons eu le temps d'adopter la question à l'ordre du jour.

HENRI. – Tu es crevé ?

LE BOURGMESTRE. – À ton avis ? Pendant la dernière demi-heure, on m'a changé trois fois de camisole. (*Il bâille.*) Je ne sais pas si c'est la pluie ou quoi, seulement ma maudite schizophrénie[1] est revenue terriblement en force aujourd'hui. Et je délire, et je délire… Hallucinations, idées fixes, etc. (*Il bâille.*) Tu as du tabac ?

HENRI. – J'en ai.

LE BOURGMESTRE. – Détache-moi. On va fumer un peu.

Henri détache son père. Ils s'assoient sur les marches du palais. Ils se mettent à fumer.

HENRI. – Quand décidez-vous donc de la question des armes ?

LE BOURGMESTRE. – De quelles armes ?

HENRI. – Pour Lancelot.

LE BOURGMESTRE. – Quel Lancelot ?

HENRI. – Qu'est-ce qui t'arrive, tu as perdu la tête ?

LE BOURGMESTRE. – Bien sûr. Le bon fils, il a complètement oublié à quel point son pauvre père était gravement malade. (*Il crie.*) Oyez, braves gens ! Aimez-vous les uns les autres ! (*Calmement.*) Tu vois comme je délire.

HENRI. – Ce n'est rien, ce n'est rien, papa. Cela passera.

LE BOURGMESTRE. – Je le sais bien, que ça passera, mais c'est quand même désagréable.

---

1. **Schizophrénie** : trouble psychique marqué par la dissociation de la personnalité, l'incohérence mentale et le repli sur soi.

Acte II

HENRI. — Écoute-moi. Il y a des nouvelles importantes. Vieux Dragounet s'énerve.

LE BOURGMESTRE. — Ce n'est pas vrai !

HENRI. — Je t'assure. Toute la nuit, sans ménager ses petites ailes, notre vieillard a voltigé je ne sais où. Il n'est rentré chez lui qu'à l'aube. Il dégageait une horrible puanteur de poisson, comme ça lui arrive chaque fois qu'il est préoccupé. Tu comprends ?

LE BOURGMESTRE. — Bien, bien.

HENRI. — Et j'ai réussi à établir ceci. Notre bon lézard a voltigé exceptionnellement toute la nuit pour apprendre toutes les ficelles du brave monsieur Lancelot.

LE BOURGMESTRE. — Crois-tu ?

HENRI. — Je ne sais pas dans quels repaires, de l'Himalaya ou du mont Ararat[1], de l'Écosse ou du Caucase, seulement le petit vieux a appris que Lancelot est un héros professionnel. Je méprise cette race d'individus. Mais Dra-Dra, en tant que méchant professionnel, leur accorde visiblement une certaine importance. Il poussait des jurons, des grincements, des gémissements. Ensuite, grand-père a voulu une petite bière. Et, après avoir englouti une barrique entière de sa boisson préférée, sans donner un seul ordre, le dragon a redéployé ses palmures, et voilà qu'il vole ici et là dans le ciel comme un oisillon. Cela ne t'inquiète pas ?

LE BOURGMESTRE. — Pas le moins du monde.

HENRI. — Mon papounet, dis-moi, tu es plus vieux que moi... plus expérimenté... Dis-moi ce que tu penses du combat qui vient. S'il te plaît, réponds. Est-il possible que Lancelot... Seulement, réponds-moi simplement, sans extase bureaucratique. Est-il

---

1. **Ararat** : montagne volcanique à l'est de la Turquie, où l'arche de Noé se serait arrêtée selon la Bible.

Le Dragon

possible que Lancelot sorte vainqueur, dis ? Papounet, réponds-moi !

710 LE BOURGMESTRE. – Je t'en prie, fiston, je vais te répondre simplement, en toute franchise. Je suis, tu comprends, mon enfant, si sincèrement attaché à notre dracounet ! Tiens, je t'en donne ma parole. Je me sens presque de sa famille... Tu comprends, j'ai même envie, comment te dire, de donner
715 ma vie pour lui. Vrai, pardi ! que je disparaisse sous la terre, si je mens ! Non, non, non ! C'est lui, ce chéri, qui sortira vainqueur ! Elle vaincra, ma gargouille gargouillante, m'amour mon brin d'amour, mon vol-au-vent bichonnant ! Oh, comme je l'aime ! Oh, je l'aime ! Je l'aime... un point c'est tout. Voilà
720 toute ma réponse.

HENRI. – Tu ne veux pas, mon papounet, parler simplement, en toute franchise, parler avec ton fils unique !

LE BOURGMESTRE. – Je ne veux pas, fiston. Je n'ai pas encore perdu la tête. C'est-à-dire que, bien sûr, j'ai perdu la tête,
725 mais pas à ce point. C'est le dragon qui t'a ordonné de m'interroger ?

HENRI. – Voyons, papa !

LE BOURGMESTRE. – Bravo, fiston ! Tu as très bien mené toute la discussion•. Je suis fier de toi. Pas parce que je suis ton père,
730 je te jure. Si je suis fier de toi, c'est en connaisseur, en vieux troupier[1]. Tu as retenu ce que je t'ai répondu ?

HENRI. – Cela va sans dire.

LE BOURGMESTRE. – Et ces paroles : *ma gargouille gargouillante, m'amour mon brin d'amour, mon vol-au-vent bichonnant !*

---

1. Troupier : soldat.

● Les questions d'Henri, loin d'être sincères, visaient à piéger son père pour tester la fidélité de ce dernier au dragon.

Acte II

HENRI. — J'ai tout retenu.

LE BOURGMESTRE. — Alors tu mentionneras bien tout cela !

HENRI. — Bien, papa.

LE BOURGMESTRE. — Ah ! mon fils unique, mon petit espion... Il fait sa petite carrière, le petit bonhomme. Il ne te faut pas d'argent ?

HENRI. — Non, en ce moment, je n'en ai pas besoin, merci, mon papounet.

LE BOURGMESTRE. — Prends, ne te gêne pas. J'en ai tout plein. Justement, j'ai eu hier un accès de cleptomanie[1]. Prends.

HENRI. — Merci, il ne faut pas. Mais maintenant, dis-moi la vérité...

LE BOURGMESTRE. — Voyons, fiston, ne fais pas l'enfant : la vérité, la vérité... Je ne suis pas un petit bourgeois, quand même, je suis le bourgmestre. À moi-même, je ne dis plus la vérité depuis tant d'années que j'ai oublié ce que c'était, la vérité. Elle me repousse, elle me rebute. La vérité, tu sais quelle odeur elle a, la maudite ? Assez, fils. Gloire au dragon ! Gloire au dragon ! Gloire au dragon● !

La sentinelle postée sur la tour frappe de sa hallebarde[2] le plancher. Elle crie.

LA SENTINELLE. — Garde-à-vous ! Alignement au ciel ! Son excellence s'est montrée au-dessus des Monts Gris !

Henri et le bourgmestre bondissent et se mettent au garde-à-vous en levant la tête vers le ciel. On entend un grondement lointain qui s'arrête progressivement.

---

1. **Cleptomanie** : tendance maladive qui pousse une personne à commettre des vols.
2. **Hallebarde** : arme tenue par un garde, comportant un fer pointu et un autre en forme de hache.

● Il arrivait souvent, dans les meetings soviétiques, que le discours culmine par une glorification du dirigeant, du Parti, du pays...

Le Dragon

Repos ! Son excellence est revenue et a disparu dans les flammes et la fumée.

HENRI. – Elle patrouille.

LE BOURGMESTRE. – Bien, bien. Écoute. Maintenant, à toi de répondre à une petite question. Le dragon, en fait, il ne t'a donné aucun ordre, hein, fiston ?

HENRI. – Aucun, papa.

LE BOURGMESTRE. – Nous n'allons pas le tuer ?

HENRI. – Qui ?

LE BOURGMESTRE. – Notre sauveur.

HENRI. – Ah ! papa, papa.

LE BOURGMESTRE. – Dis-moi, fiston, est-ce qu'il n'a pas ordonné d'assommer monsieur Lancelot en douceur ? Ne te gêne pas, parle... Qu'est-ce là... Une affaire courante... Alors, fiston ? Tu te tais ?

HENRI. – Je me tais.

LE BOURGMESTRE. – Tant pis, tais-toi. Je comprends bien, rien à faire : service oblige.

HENRI. – Je vous rappelle, monsieur le bourgmestre, que d'une minute à l'autre doit avoir lieu la cérémonie solennelle de la remise des armes à monsieur le héros. Il est possible que Dra-Dra en personne nous fasse l'honneur d'y assister, et tu n'as encore rien de prêt.

LE BOURGMESTRE. – (*Il bâille et s'étire.*) Bon, bon, je vais y aller. On va lui choisir en un clin d'œil des armes quelconques, et il sera satisfait. Noue-moi les manches... Mais c'est lui qui vient ! C'est Lancelot !

HENRI. – Emmène-le ! Elsa va arriver d'un instant à l'autre, je dois lui parler.

Entre Lancelot.

Acte II

LE BOURGMESTRE. – (*En proie à l'hystérie.*) Gloire, gloire à toi ! Hosanna[1], saint Georges[2] victorieux ! Oh, pardon, je me suis trompé dans mon délire. J'ai eu tout d'un coup l'impression que vous lui ressembliez tant.

LANCELOT. – Très possible. C'est mon parent éloigné.

LE BOURGMESTRE. – Comment avez-vous passé la nuit ?

LANCELOT. – J'ai erré.

LE BOURGMESTRE. – Vous vous êtes fait des amis ?

LANCELOT. – Bien sûr.

LE BOURGMESTRE. – Qui ?

LANCELOT. – Vos froussards de concitoyens m'ont lâché leurs chiens. Et chez vous, les chiens sont très intelligents. C'est avec eux que je me suis lié d'amitié. Ils m'ont compris, parce qu'ils aiment leurs maîtres et qu'ils leur veulent du bien. Nous avons bavardé presque jusqu'à l'aube.

LE BOURGMESTRE. – Pas attrapé de puces ?

LANCELOT. – Non. C'étaient de braves chiens, très soigneux.

LE BOURGMESTRE. – Vous ne vous rappelez pas comment ils s'appelaient ?

LANCELOT. – Ils m'ont demandé de ne pas le dire.

LE BOURGMESTRE. – Je ne supporte pas les chiens.

LANCELOT. – Vous avez tort.

LE BOURGMESTRE. – Ce sont des créatures trop simples.

LANCELOT. – Et vous pensez que c'est si simple d'aimer les hommes ? Les chiens savent parfaitement quel genre de

---

1. **Hosanna** : 1. hymne chanté dans la liturgie chrétienne ; 2. cri de joie.
2. **Saint Georges** : martyr chrétien du IVe siècle, qui aurait terrassé un dragon pour sauver la fille d'un roi libyen. Il est l'un des emblèmes de la Russie.

Le Dragon

maître ils ont. Ils pleurent, mais ils aiment. Ce sont de vrais travailleurs. Vous m'avez fait chercher ?

LE BOURGMESTRE. – Me chercher, s'écria la cigogne en mordant le serpent de son bec pointu. Me chercher, dit le roi en se tournant vers la reine. Pour me chercher, les belles volaient à califourchon sur leurs élégantes cannes●. Bref, oui, je vous ai envoyé chercher, monsieur Lancelot.

LANCELOT. – Qu'y a-t-il pour votre service ?

LE BOURGMESTRE. – Le magasin Müller a reçu un arrivage de fromage frais. Les plus beaux ornements des jeunes filles sont la modestie et la petite robe transparente. Au coucher du soleil, les canards sauvages passèrent au-dessus du petit berceau. On vous attend pour la séance du conseil municipal, monsieur Lancelot.

LANCELOT. – Pour quoi faire ?

LE BOURGMESTRE. – Pourquoi fait-on pousser des tilleuls dans la rue des Petons du Dragon ? À quoi bon danser quand on veut des baisers ? À quoi bon des baisers quand les sabots martèlent le sol ? Les membres du conseil municipal doivent vous voir en personne pour examiner quelle arme précisément vous convient le mieux, monsieur Lancelot. Venez, allons paraître devant eux !

Ils sortent.

HENRI. – On verra, on verra, clama le dragon. On verra, on verra, rugit vieux Dra-Dra ; vieillard Dracounet tonna : on verra, bon sang !... Et nous vrai', nous verrons vraiment !

● Cette réplique* du bourgmestre et les deux suivantes sont incohérentes et absurdes pour simuler le délire d'un malade mental.

Acte II

Entre Elsa.

Elsa !

ELSA. – Oui, je suis là. Tu m'as fait appeler ?

HENRI. – Oui. Quel dommage que la sentinelle soit sur sa tour. Sans cet obstacle regrettable au plus haut point, je te serrerais dans mes bras et je t'embrasserais.

ELSA. – Et moi, je te giflerais.

HENRI. – Ah ! Elsa ! Elsa ! Tu as toujours été un peu trop vertueuse ! Mais ça t'allait bien. Ta modestie dissimule quelque chose. Dra-Dra sait sentir les jeunes filles. Il a toujours choisi les plus prometteuses, ce coquin de saute-en-l'air. Et Lancelot, il n'a pas encore essayé de te faire la cour ?

ELSA. – Tais-toi.

HENRI. – D'ailleurs, bien sûr que non. Même s'il y avait à ta place une vieille sotte, il engagerait quand même le combat. Ça lui est égal, qui il sauve. Il est si instruit. Il n'a pas regardé à quoi tu ressemblais.

ELSA. – Nous venons à peine de faire connaissance.

HENRI. – Ça ne justifie rien.

ELSA. – C'est uniquement pour m'annoncer cela que tu m'as appelée ?

HENRI. – Oh, non. Je t'ai appelé pour te faire une demande : veux-tu m'épouser ?

ELSA. – Arrête !

HENRI. – Je ne plaisante pas. Je suis mandaté pour[1] te transmettre le message suivant : si tu es docile et si tu tues Lancelot en cas de nécessité, alors, en récompense, Dra-Dra te laissera.

ELSA. – Je ne veux pas.

---

1. **Je suis mandaté pour** : on m'a confié la mission de.

Le Dragon

HENRI. – Allez, laisse-moi finir. On en choisira une autre à ta place, une jeune fille complètement obscure, issue du peuple. De toute façon, elle est proposée pour l'an prochain. Fais le meilleur choix : une mort stupide ou une vie remplie de toutes les joies que tu n'as jamais vues qu'en rêve, et encore, si rarement que c'en est même frustrant.

ELSA. – Il a eu la trouille !

HENRI. – Qui ? Dra-Dra ? Je connais toutes ses faiblesses. C'est un despote, un soudard[1], un parasite, tout ce que tu veux mais pas un trouillard.

ELSA. – Hier il menaçait et aujourd'hui il marchande ?

HENRI. – C'est moi qui en suis venu à bout.

ELSA. – Toi ?

HENRI. – Si tu veux savoir, je suis le vrai vainqueur du dragon. Je peux tout obtenir. J'attendais l'occasion, elle est arrivée. Je ne suis pas idiot au point de te céder au premier venu.

ELSA. – Je ne te crois pas.

HENRI. – Si.

ELSA. – De toute façon, je ne peux tuer personne.

HENRI. – N'empêche, le couteau, tu l'as pris avec toi. Il est là, accroché à ta ceinture. Je m'en vais, ma chère. Je dois enfiler ma livrée de cérémonie. Mais je pars tranquille. Tu exécuteras l'ordre, dans ton intérêt et dans le mien. Réfléchis ! La vie, toute la vie devant nous, si tu le veux. Réfléchis, ma charmante. (*Il sort.*)

ELSA. – Mon Dieu ! J'ai les joues si brûlantes, comme si nous nous étions embrassés. Quelle honte ! Il a failli me décider. Voilà donc comment je suis !... Bon, soit. Très bien. Assez ! J'étais la plus

---

1. **Soudard** : guerrier brutal et grossier.

Acte II

docile de toute la ville. Crédule. Et comment ça s'est terminé ? Tout le monde avait de l'estime pour moi, ça oui, mais c'est aux autres que revenait le bonheur. Elles restent maintenant chez elles, choisissent des robes un peu plus élégantes, lissent les petits volants. Elles se frisent les cheveux. Elles s'apprêtent à aller admirer mon malheur. Ah ! Je les vois même se poudrer devant le miroir et dire : « Pauvre Elsa, pauvre jeune fille, elle était si bonne ! » Moi seule, la seule de toute la ville, j'attends sur la place et me tourmente. Et cette imbécile de sentinelle me regarde de ses yeux écarquillés, en pensant à ce que le dragon fera aujourd'hui de moi. Et demain, ce soldat sera vivant, il se reposera après son service. Il ira se promener près de la cascade, là où la rivière est si joyeuse que même les gens les plus tristes sourient en la voyant sauter gaiement. Ou il ira au parc, là où le jardinier a fait pousser des pensées merveilleuses qui clignent des yeux, lancent des œillades et sont même capables de lire si c'est en gros caractères et si le livre se finit bien. Ou il ira faire un tour sur le lac que le dragon a fait bouillir jadis, là où les sirènes, depuis, se tiennent si tranquilles. Non seulement elles ne noient plus personne, mais en plus, installées dans des eaux peu profondes, elles vendent des gilets de sauvetage. Mais elles sont aussi belles qu'autrefois et les soldats aiment bavarder avec elles. Et c'est ce stupide soldat qui racontera aux sirènes qu'une joyeuse musique aura retenti, que chacun aura pleuré et que le dragon m'aura emmenée chez lui. Et les sirènes de pousser des *ah !* : « Ah ! pauvre Elsa ! Ah ! pauvre jeune fille ! Aujourd'hui, il fait si beau, et elle n'est plus de ce monde. » Je ne veux pas ! Je veux tout voir, tout entendre, tout sentir. Et toc ! Je veux être heureuse ! Et toc ! J'ai pris le couteau pour me tuer. Et je ne me tuerai pas. Et toc !

Le Dragon

Lancelot sort de l'Hôtel de Ville.

LANCELOT. – Elsa ! Quel bonheur de vous voir !

ELSA. – Pourquoi ?

LANCELOT. – Ah ! ma bonne demoiselle, c'est une journée si difficile pour moi que mon âme exige de se reposer ne serait-ce qu'une petite minute. Et voilà que tout à coup, comme par un fait exprès, je vous rencontre.

ELSA. – Vous étiez à la séance ?

LANCELOT. – J'y étais.

ELSA. – Pourquoi vous ont-ils appelé ?

LANCELOT. – Ils m'ont proposé de l'argent, uniquement pour me faire renoncer au combat.

ELSA. – Et qu'est-ce que vous leur avez répondu ?

LANCELOT. – J'ai répondu : « Pauvres idiots que vous êtes ! » Nous n'allons pas parler d'eux. Aujourd'hui, Elsa, vous êtes encore plus belle qu'hier. C'est le signe infaillible que vous me plaisez vraiment. Vous croyez que je vous libérerai ?

ELSA. – Non.

LANCELOT. – Mais je ne suis pas vexé. Ah ! vous voyez, il se trouve que vous me plaisez.

Les amies d'Elsa entrent en courant.

LA PREMIERE AMIE. – Nous voici !

LA DEUXIEME AMIE. – Nous sommes les meilleures amies d'Elsa.

LA TROISIEME AMIE. – Nous nous entendons à merveille depuis de nombreuses années, depuis notre plus tendre enfance.

LA PREMIERE AMIE. – D'entre nous, elle était la plus intelligente.

LA DEUXIEME AMIE. – Elle était la plus brave d'entre nous.

LA TROISIEME AMIE. – Et pourtant, elle nous aimait plus que tout. Elle raccommodait chaque fois qu'on lui demandait, et puis elle

Acte II

nous aidait à résoudre nos problèmes, et elle nous consolait quand on se croyait la plus malheureuse.

LA PREMIERE AMIE. – Nous ne sommes pas en retard ?

LA DEUXIEME AMIE. – C'est vrai que vous allez vous battre avec lui ?

LA TROISIEME AMIE. – Monsieur Lancelot, vous ne pourriez pas nous trouver une place sur le toit de l'Hôtel de Ville ? On ne vous refusera pas, si vous demandez. Nous voulons tellement avoir la meilleure vision du combat.

LA PREMIERE AMIE. – Allons, voilà que vous êtes fâché.

LA DEUXIEME AMIE. – Et vous ne voulez pas discuter avec nous.

LA TROISIEME AMIE. – Mais nous sommes loin d'être de si mauvaises filles.

LA PREMIERE AMIE. – Vous pensez que nous faisons exprès de vous empêcher de dire adieu à Elsa.

LA DEUXIEME AMIE. – Mais nous ne faisons pas exprès.

LA TROISIEME AMIE. – C'est Henri qui nous a ordonné de ne pas vous laisser en tête-à-tête avec elle, jusqu'à ce que monsieur le dragon l'autorise...

LA PREMIÈRE AMIE. – Il nous a ordonné de bavarder...

LA DEUXIÈME AMIE. – Alors voilà, nous bavardons comme des folles.

LA TROISIÈME AMIE. – Parce qu'autrement, nous serions en larmes. Et vous, étranger, vous ne pouvez pas vous figurer quelle honte il y a à pleurer devant les autres.

Charlemagne sort de l'Hôtel de Ville.

CHARLEMAGNE. – La séance est levée, monsieur Lancelot. La résolution concernant vos armes a été adoptée. Pardonnez-nous. Ayez pitié des malheureux assassins que nous sommes, monsieur Lancelot●.

> ● Figure de l'intellectuel rempli de remords, Charlemagne se plie à contrecœur au protocole municipal.

Le Dragon

Les trompettes sonnent. De l'Hôtel de Ville sortent des domestiques qui déroulent des tapis et installent des fauteuils. Un grand fauteuil luxueux et chargé d'ornements est placé au milieu. De part et d'autre, des fauteuils un peu plus simples. Le bourgmestre sort entouré des membres du conseil municipal. Il est tout joyeux. Henri, en livrée de cérémonie, est avec eux.

LE BOURGMESTRE. – Très drôle, la blague... Comment a-t-elle dit ? « Je pensais que tous les petits garçons savaient le faire » ? Ah ! ah ! ah ! Et celle-ci, vous la connaissez ? Elle est très drôle. C'est l'histoire d'un tsigane à qui on a tranché la tête...

Les trompettes sonnent.

Ah ! tout est déjà prêt... Bon, alors je vous la raconterai après la cérémonie... Rappelez-le moi. Allez, allez, messieurs. Nous serons bien vite débarrassés.

Les membres du conseil municipal se placent de part et d'autre du fauteuil qui se dresse au milieu. Henri se place derrière le dossier de ce fauteuil.

(*Il salue le fauteuil vide. Précipitamment.*) Troublés et bouleversés par la confiance que vous nous manifestez, votre excellence, en permettant l'adoption de résolutions si importantes, nous vous prions de prendre la place de président d'honneur. Nous vous prions une fois, deux fois, trois fois●. Ça nous fait de la peine, mais on ne peut rien y faire. Commençons seuls. Asseyez-vous, messieurs. Je proclame la séance...

Pause.

De l'eau !

Un serviteur tire de l'eau du puits. Le bourgmestre boit.

● En l'absence du dragon, le bourgmestre s'adresse à un fauteuil vide.

Acte II

Je proclame la séance... De l'eau ! (*Il boit. Se racle la gorge. D'une voix fluette.*) Je proclame... (*D'une profonde voix de basse.*) La séance... De l'eau ! (*Il boit. Voix fluette.*) Merci, mon petit ! (*Voix de basse.*) Barre-toi, salaud ! (*Reprenant sa voix.*) Je vous félicite, messieurs, j'ai un dédoublement de personnalité[1]. (*Voix de basse.*) Qu'est-ce que tu fabriques donc, vieille sotte ? (*Voix fluette.*) Tu ne vois pas que je préside, non ? (*Voix de basse.*) Tiens, c'est une affaire de femme, peut-être ? (*Voix fluette.*) Mais moi non plus, je ne suis pas contente, chéri. Ne faites pas subir à une malheureuse comme moi le supplice du pal[2], et laissez-moi lire le procès verbal. (*Reprenant sa voix.*) Avons écouté : la question de l'approvisionnement en armes d'un certain Lancelot. Avons décrété : de lui fournir, mais à contrecœur. Eh ! vous, là-bas ! Apportez les armes ici !

Les trompettes sonnent. Entrent des serviteurs. Le premier va donner à Lancelot une petite bassine en cuivre à laquelle sont fixés des bracelets très fins.

LANCELOT. – C'est une bassine de barbier.

LE BOURGMESTRE. – Oui, mais nous l'avons désignée pour remplir la fonction de heaume[3]. Le petit plateau de cuivre a été nommé bouclier. Ne vous inquiétez pas ! Dans notre ville, même les objets sont dociles et disciplinés. Ils rempliront leur fonction tout à fait consciencieusement. Malheureusement, nous n'avons pas d'armures de chevaliers au dépôt. Mais il y a une lance. (*Il tend une feuille de papier à Lancelot.*) Cette

---

1. **Dédoublement de personnalité** : trouble psychique qui fait alterner deux personnalités différentes.
2. **Supplice du pal** : ancien châtiment consistant à empaler un condamné sur un pieu aiguisé.
3. **Heaume** : casque porté au Moyen Âge par les hommes d'armes.

Le Dragon

attestation qui vous est remise certifie que la lance se trouve vraiment en réparation, ce dont témoignent la signature et le sceau apposé. Vous la présenterez au moment du combat à monsieur le dragon, et tout se terminera parfaitement bien●. Voilà, c'est tout, pour vous. (*Voix de basse.*) Lève la séance, vieille sotte ! (*Voix fluette.*) Ça va, je la lève, je la lève, maudite soit-elle ! Pourquoi le peuple se met donc toujours en colère, en colère, sans savoir lui-même pourquoi il se met en colère. (*Il chante.*) Lève-la, satanée femme ! (*Voix fluette.*) Et qu'est-ce que je suis en train de faire ? (*Il chante.*) Soudain Petit-Dragon sort et prend son élan, droit sur le chevalier, il tire en plein dedans... Pif, paf ! Ouïe, ouïe, ouïe ! Je proclame notre petite séance levée.

LA SENTINELLE. – Garde-à-vous ! Alignement au ciel ! Son excellence est apparue au-dessus des Monts Gris et vole dans notre direction avec une rapidité effrayante.

Tous bondissent et se figent, la tête levée vers le ciel. Grondement lointain qui s'accroît avec une effroyable rapidité. L'obscurité se fait sur scène. Noir complet. Le grondement s'interrompt.

Garde-à-vous ! Son excellence, comme un nuage noir, plane au-dessus de nous et nous cache le soleil. Retenez votre respiration !

Deux lumières vertes s'allument.

LE CHAT. – (*Murmurant.*) Lancelot, c'est moi, le chat.

LANCELOT. – (*Murmurant.*) Je t'ai tout de suite reconnu, à tes yeux.

● Parodie de la bureaucratie soviétique, habilitée à fournir toutes sortes de certificats difficiles à obtenir. Le bourgmestre n'a évidemment aucune intention de fournir une lance au héros.

Acte II

LE CHAT. – Je somnolerai sur le mur de la forteresse. Choisis ton moment, faufile-toi vers moi et je te ronronnerai quelque chose d'extrêmement agréable...

LA SENTINELLE. – Garde-à-vous ! Son excellence s'est précipitée, têtes les premières, sur la place.

Sifflement assourdissant et rugissement. La lumière se rallume. Dans le grand fauteuil est assis, les pieds ramenés sous lui, un tout petit homme, d'un certain âge, pâle comme la mort.

LE CHAT. – (*Du mur de la forteresse.*) N'aie pas peur, Lancelot. C'est sa troisième caboche. Il en change quand il en a envie.

LE BOURGMESTRE. – Votre excellence ! Dans le conseil municipal que j'ai pris en main, aucun événement d'aucune sorte n'est arrivé. Je suis seul au poste. Selon toutes les apparences...

LE DRAGON. – (*D'une voix cassée de ténor, très calmement.*) Fiche le camp ! Fichez le camp, tous ! Fichez-moi le camp ! Sauf l'étranger.

Tous sortent. Sur la scène restent Lancelot, le dragon et le chat qui somnole, roulé en boule sur le mur de la forteresse.

Comment vous portez-vous ?

LANCELOT. – À merveille, merci.

LE DRAGON. – Et c'est quoi, la bassine par terre ?

LANCELOT. – Les armes.

LE DRAGON. – Ce sont eux qui les ont dénichées ?

LANCELOT. – Oui.

LE DRAGON. – Les chenapans. C'est vexant, j'imagine.

LANCELOT. – Non.

LE DRAGON. – Du flan[1]. J'ai le sang froid, mais même moi je serais vexé. Peur ?

---

1. **Du flan** : tu mens, ce n'est pas vrai.

Le Dragon

LANCELOT. – Non.

LE DRAGON. – Du flan, que du flan. Ils sont terribles, mes hommes. Des plus terribles, on n'en trouve pas. C'est mon œuvre. C'est moi qui les ai taillés.

LANCELOT. – Quand même, ce sont des hommes.

LE DRAGON. – De l'extérieur, seulement.

LANCELOT. – Non.

LE DRAGON. – Si tu voyais leur âme, ah ! tu aurais des frissons.

LANCELOT. – Non.

LE DRAGON. – Tu t'enfuirais même en courant. Tu ne serais pas prêt à mourir pour des estropiés. C'est moi personnellement, mon ami, qui les ai estropiés. Et je les ai estropiés autant que c'était nécessaire. Les âmes des hommes, mon ami, tiennent beaucoup à la vie. Tranchez un corps en deux, l'homme crèvera. Mais déchirez-lui son âme, il deviendra docile, un point c'est tout. Non, non, des âmes comme ça, on n'en trouve nulle part. Que dans ma ville. Des âmes manchotes, des âmes culs-de-jatte[1], des âmes sourdes et muettes, des âmes à la niche, des âmes au gibier, des âmes damnées. Tu sais pourquoi le bourgmestre fait semblant d'être un malade mental ? Pour cacher qu'il n'a strictement aucune âme. Des âmes percées, des âmes vénales[2], des âmes de faux jetons, des âmes mortes●. Ah ! oui, c'est dommage qu'elles soient invisibles.

LANCELOT. – C'est une chance pour vous.

LE DRAGON. – Comment ça ?

---

1. **Culs-de-jatte** : qui n'ont plus de jambes.
2. **Vénales** : que l'on peut acheter ou corrompre.

● **Vision pessimiste de cette société, dont les individus façonnés par le régime perdent une partie d'eux-mêmes en acceptant d'agir contre toute morale.**

Acte II

LANCELOT. – Les gens auraient peur en voyant, de leur propres yeux, à quoi leurs âmes ont été réduites. Ils iraient droit à la mort, au lieu de rester un peuple soumis. Qui vous nourrirait alors ?

LE DRAGON. – Le diable seul le sait, peut-être que vous avez raison. Bon, alors, on commence ?

LANCELOT. – Allez-y.

LE DRAGON. – Faites d'abord vos adieux à la jeune fille au nom de laquelle vous allez à la mort. Eh ! garçon !

Henri entre en courant.

Amène Elsa !

Henri repart en courant.

Elle vous plaît, la fille que j'ai choisie ?

LANCELOT. – Elle me plaît énormément.

LE DRAGON. – C'est agréable à entendre. À moi aussi, elle plaît énormément. Une jeune fille parfaite. Une jeune fille docile.

Entrent Elsa et Henri.

Viens, viens ici, ma chérie. Regarde-moi dans les yeux. Voilà. Très bien. Regard limpide. Tu peux me baiser la main. Voilà. Excellentissime. Lèvres chaudes. Donc ton âme est calme. Tu veux faire tes adieux à monsieur Lancelot ?

ELSA. – Je suis à vos ordres, monsieur le dragon.

LE DRAGON. – Et voici ce que je t'ordonne. Parle-lui avec douceur. (*Bas.*) Tout doux, tout doux, parle-lui. Embrasse-le en guise d'adieu. Ce n'est rien, voyons, je serai là. Devant moi, tu peux. Et après, tue-le. Ce n'est rien, ce n'est rien. Voyons, je serai là. Devant moi, tu le feras. Avance. Tu peux t'éloigner avec lui. Voyons, je vois très bien. Je verrai tout. Avance.

Elsa s'approche de Lancelot.

ELSA. – Monsieur Lancelot, j'ai ordre de vous faire mes adieux.

Le Dragon

LANCELOT. – Bien, Elsa. Disons-nous adieu, à tout hasard. Le combat sera sérieux. Quelque chose peut arriver. Je veux, en guise d'adieu, vous dire que je vous aime, Elsa.

ELSA. – Moi ?

LANCELOT. – Oui, Elsa. Hier déjà, vous m'avez tellement plu, quand j'ai jeté un œil par la fenêtre et quand j'ai vu avec quelle tranquillité vous rentriez chez vous avec votre père. Depuis, je vois qu'à chaque rencontre vous me paraissez de plus en plus belle. Tiens, tiens, je me suis dit, c'est donc ça. Après, quand vous avez baisé la patte du dragon, ça ne m'a pas fâché contre vous, seulement ça m'a terriblement affligé. Et c'est alors que tout m'est devenu clair. Je vous aime, Elsa. Ne vous fâchez pas. J'avais terriblement envie que vous le sachiez.

ELSA. – Je pensais que vous défieriez le dragon de toute manière. Même s'il y avait une autre fille à ma place.

LANCELOT. – Bien sûr, je l'aurais défié. Je ne les supporte pas, ces dragons. Mais en votre nom, je suis prêt à l'étrangler à mains nues, bien que ce soit très répugnant.

ELSA. – Ainsi donc, vous m'aimez ?

LANCELOT. – Beaucoup. C'est terrible à penser ! Hier, au carrefour des trois routes, si je n'avais pas tourné à droite, mais à gauche, jamais nous n'aurions pu nous rencontrer. C'est effrayant, n'est-ce pas ?

ELSA. – Oui.

LANCELOT. – Terrible à penser. Maintenant, il me semble qu'il n'y a personne au monde qui soit plus proche de moi que vous, et je considère votre ville comme la mienne, parce que c'est ici que vous vivez. Si je… Bref, si on ne parvient plus à se parler, ne m'oubliez pas.

ELSA. – Non.

Acte II

LANCELOT. – N'oubliez pas. Voilà que vous venez, pour la première fois au cours de cette journée, de me regarder dans les yeux. Et une vague de chaleur m'envahit, exactement comme si vous m'aviez caressé. Je suis un voyageur, quelqu'un de mobile, mais j'ai passé toute ma vie dans de rudes combats. Ici un dragon, ailleurs des ogres, là-bas des géants. On s'occupe, on s'occupe... C'est un travail compliqué, ingrat. Mais malgré tout, j'étais toujours heureux. Je n'étais pas fatigué. Et souvent amoureux.

ELSA. – Souvent ?

LANCELOT. – Bien sûr. On va et vient, on se bagarre, on rencontre des jeunes filles. Évidemment, elles tombent éternellement tantôt entre les mains de brigands, tantôt dans le sac d'un géant, tantôt dans les fourneaux d'un ogre. Mais ces scélérats choisissent toujours les meilleures jeunes filles, surtout les ogres. Alors voilà, généralement, on tombe amoureux. Mais cela aurait-il pu être comme aujourd'hui ? Avec elles, je plaisantais toujours. Je les faisais rire. Mais vous, Elsa, si nous étions seuls, je vous embrasserais sans cesse. C'est la vérité. Je vous emmènerais loin d'ici. À deux, nous pourrions parcourir les forêts et les montagnes – ça n'a rien de difficile. Oui, je vous procurerais un cheval avec une selle telle que vous ne seriez jamais fatiguée. J'irais à la hauteur de votre étrier et je vous admirerais. Et personne n'oserait vous faire de mal.

Elsa prend Lancelot par la main.

LE DRAGON. – Bien joué, jeune fille. Elle va le maîtriser.

HENRI. – Oui. Elle est loin d'être stupide, excellence.

LANCELOT. – Elsa, est-ce possible, on dirait que tu es sur le point de pleurer ?

ELSA. – En effet.

LANCELOT. – Pourquoi ?

Le Dragon

ELSA. – J'ai pitié.

LANCELOT. – De qui ?

ELSA. – De moi, de vous. Nous n'aurons pas le bonheur d'être ensemble, monsieur Lancelot. Pourquoi suis-je venue au monde sous le règne d'un dragon !

LANCELOT. – Elsa, je dis toujours la vérité. Nous serons heureux. Crois-moi.

ELSA. – Oh, non ! Il ne faut pas.

LANCELOT. – Dans la joie, dans le bonheur, nous emprunterons ensemble le sentier forestier. Uniquement toi et moi.

ELSA. – Non, non, il ne faut pas.

LANCELOT. – Et au-dessus de nous, le ciel sera pur. De là-haut, personne n'osera nous pourchasser.

ELSA. – C'est vrai ?

LANCELOT. – Oui, c'est vrai. Ah ! se pourrait-il qu'ils sachent, dans notre pauvre peuple, comment on peut s'aimer ? En toi, la peur, la fatigue, la méfiance partiront en fumée, disparaîtront à tout jamais, et voilà comment je t'aimerai. Et toi, tu t'endormiras avec le sourire et tu te réveilleras avec le sourire, en prononçant mon nom, et voilà comment tu m'aimeras. Tu t'aimeras aussi toi-même. Tu marcheras tranquille et fière. Tu comprendras que si je t'embrasse telle que tu es, cela veut dire que tu es bonne. Et dans la forêt, les arbres nous parleront avec douceur, et les oiseaux aussi, et les bêtes sauvages, parce que les vrais amants comprennent tout et sont en harmonie avec le monde entier. Et tous seront contents de nous voir, parce que les vrais amants portent bonheur.

LE DRAGON. – Qu'est-ce qu'il lui fredonne là ?

Acte II

HENRI. – Il prêche[1]. La connaissance, c'est la lumière ; l'ignorance, c'est l'obscurité. Lavez-vous les mains avant de manger, et ainsi de suite. Ce pète-sec...

LE DRAGON. – Ah ! voilà. Elle a posé sa main sur son épaule ! Bravo.

ELSA. – Puissions-nous même ne pas atteindre un tel bonheur. De toute façon, peu importe, je suis déjà heureuse maintenant. Ces monstres nous épient. Mais nous les avons quittés pour le bout du monde. Mon amour, personne ne m'avait jamais parlé comme ça. Je ne savais pas qu'il existait sur terre des hommes comme toi. Hier encore, j'étais docile comme un petit chien, je n'osais pas penser à toi. Et pourtant, cette nuit, je suis descendue sans bruit et j'ai bu le vin qui restait dans ton verre. Je viens seulement de comprendre que je t'ai, à ma manière, à mon insu, embrassé cette nuit pour te remercier d'être intervenu en ma faveur. Tu ne comprendras pas à quel point sont confus tous nos sentiments, à nous autres, pauvres jeunes filles opprimées. Depuis encore peu de temps, je croyais te haïr. Mais c'était ma manière, à mon insu, de tomber amoureuse de toi. Mon amour ! Je t'aime... Quel bonheur de le dire en face. Et quel bonheur... (*Elle embrasse Lancelot.*)

LE DRAGON. – (*Il se tortille les jambes d'impatience.*) Elle va le faire, elle va le faire, elle va le faire !

ELSA. – Mais maintenant, laisse-moi, mon chéri. (*Elle se libère de l'étreinte de Lancelot. Elle tire le couteau de son étui.*) Tu vois ce couteau ? Le dragon m'a ordonné de te tuer avec ce couteau. Regarde !

LE DRAGON. – Allez, allez, allez !

---

1. **Il prêche** : il fait un sermon, un discours moralisateur.

Le Dragon

HENRI. – Fais-le, fais-le !

Elsa jette le couteau dans le puits.

Saleté de fille !

LE DRAGON. – (*Il gronde.*) Comment tu as osé !...

ELSA. – Plus un mot ! Penses-tu que je vais te permettre de me gronder, maintenant qu'il m'a embrassée ? Je l'aime. Et il te tuera.

LANCELOT. – C'est la pure vérité, monsieur le dragon.

LE DRAGON. – Bon, bon. Soit. Il va falloir se battre. (*Il bâille.*) Pour être franc, je ne le regrette pas, j'ai élaboré depuis pas si longtemps une attaque très curieuse d'une patte *n* dans une direction *x*. Je vais l'essayer sur un corps. Brosseur[1], appelle la garde.

Henri part en courant.

File chez toi, petite idiote, et après le combat, nous parlerons ensemble de tout cela, dans l'intimité.

Henri entre avec la garde.

Gardes, écoutez... Qu'est-ce que j'allais dire... Ah ! oui... Conduisez cette demoiselle chez elle et surveillez-la.

Lancelot fait un pas en avant.

ELSA. – Il ne faut pas. Garde tes forces. Quand tu l'auras tué, passe me prendre. Je t'attendrai et je me remémorerai chacun des mots que tu m'as dits aujourd'hui. J'ai confiance en toi.

LANCELOT. – Je passerai te prendre.

LE DRAGON. – Voilà, c'est bien. Filez.

La garde emmène Elsa.

Garçon, relève la sentinelle de sa tour et expédie-la en prison. Cette nuit, il faudra lui trancher la tête. Elle a entendu la

---

1. **Brosseur** : domestique d'un officier militaire.

Acte II

minette me gronder et elle risque d'ébruiter ça à la caserne. Fais le nécessaire. Puis tu viendras m'enduire les griffes de poison.
Henri repart en courant.

1295 (*À Lancelot.*) Toi, reste ici, entendu ? Et attends. Quand je commencerai, je ne préviendrai pas. Une vraie guerre, ça commence subitement●. Compris ?

Il descend de son fauteuil et quitte le palais. Lancelot s'approche du chat.

1300 LANCELOT. – Alors, chat, qu'avais-tu d'agréable à me ronronner ?
LE CHAT. – Jette un œil à droite, mon cher Lancelot. Dans un nuage de poussière se trouve un petit âne. Il lance des ruades. Cinq hommes essaient de raisonner cet entêté. Et je vais leur chanter une chanson. (*Il miaule.*) Tu vois, l'entêté fonce droit
1305 vers nous. Mais devant le mur, il va recommencer à faire le têtu, et toi, tu devras parler à ses muletiers. Les voilà.

Derrière le mur dépasse la tête de l'âne, qui s'arrête dans un nuage de poussière. Les cinq muletiers le grondent. Henri traverse la place en courant.

1310 HENRI. – (*Aux muletiers.*) Qu'est-ce que vous faites ici ?
DEUX MULETIERS. – (*En chœur.*) On transporte la marchandise au marché, votre honneur.
HENRI. – Quelle marchandise ?
LES DEUX MULETIERS. – Des tapis, votre honneur.
1315 HENRI. – Circulez, circulez. C'est interdit de stationner devant le palais !

● Allusion à l'offensive lancée contre l'URSS par l'Allemagne nazie le 22 juin 1941, rompant de manière unilatérale le pacte germano-soviétique. On parle aussi de *Blitzkrieg* (guerre éclair).

Le Dragon

LES DEUX MULETIERS. – L'âne s'est entêté, votre honneur.
LA VOIX DU DRAGON. – Garçon !
HENRI. – Circulez, circulez ! (*Il entre au pas de course dans le palais.*)
LES DEUX MULETIERS. – (*En chœur.*) Bonjour, monsieur Lancelot. Nous sommes vos amis, monsieur Lancelot. (*Ils se raclent la gorge en même temps.*) Hum, hum. Ne vous vexez pas si nous parlons en même temps : nous travaillons ensemble depuis le plus jeune âge, si bien que nous avons fini par penser et parler comme un seul homme. Nous sommes même tombés amoureux le même jour au même instant et nous nous sommes mariés avec deux vraies jumelles. Nous avons tissé bon nombre de tapis, mais le meilleur, nous l'avons confectionné la nuit dernière, pour vous. (*Ils prennent un tapis sur le dos de l'âne et le déroulent par terre.*)
LANCELOT. – Quel beau tapis !
LES DEUX MULETIERS. – Oui. Tapis de première qualité, double tissage, poil mêlé de soie, teintures préparées suivant un procédé spécial que nous gardons secret. Mais le secret du tapis n'est pas dans son poil, ni dans sa soie, ni dans ses teintures. (*Tout bas.*) C'est un tapis volant.
LANCELOT. – Charmant ! Dites-moi vite comment on le dirige.
LES DEUX MULETIERS. – C'est très simple, monsieur Lancelot. Ça, c'est le coin pour l'altitude, on y a tissé le soleil. Ça, c'est le coin pour la profondeur, on y a tissé la terre. Ça, c'est le coin pour les figures aériennes, on y a tissé des hirondelles. Et ça, c'est le coin pour les dragons. On le soulève, et on descend en piqué, droit sur la tronche de l'ennemi. Ici, on a tissé une coupe de vin et un merveilleux hors-d'œuvre. Après l'effort, le réconfort. Non, non, ne nous dis pas merci. Nos arrière-grands-pères

Acte II

gardaient toujours un œil sur le chemin, ils t'attendaient. Nos grands-pères t'attendaient. Et voilà, nous avons fini d'attendre.
Ils sortent rapidement, et aussitôt un troisième muletier s'approche de Lancelot, avec un étui en carton dans les mains.

LE TROISIÈME MULETIER. – Bonjour, monsieur. Pardonnez-moi. Tournez la tête comme cela. Et maintenant comme ceci. Parfait. Je suis maître chapelier et bonnetier, monsieur. Je fais les meilleurs chapeaux et les meilleurs bonnets du monde. Je suis très réputé dans cette ville. Ici, le moindre chien me connaît.

LE CHAT. – Et le moindre chat aussi.

LE TROISIÈME MULETIER. – Vous voyez ! Sans aucun essayage, en jetant un simple coup d'œil sur le client, je fais des choses qui embellissent les gens de manière surprenante, et j'y trouve ma joie. Il y a une dame, par exemple, que son mari aime uniquement quand elle porte un chapeau confectionné par moi. Elle dort même avec son chapeau, et elle reconnaît partout qu'elle me doit le bonheur de sa vie. Toute cette nuit, j'ai travaillé pour vous, monsieur, et j'ai pleuré de chagrin, comme un enfant.

LANCELOT. – Pourquoi ?

LE TROISIÈME MULETIER. – C'est un modèle si tragique, si particulier. C'est un bonnet d'invisibilité.

LANCELOT. – Charmant !

LE TROISIÈME MULETIER. – Dès que vous l'aurez mis, vous disparaîtrez, et jamais le pauvre bonnetier ne saura s'il vous va ou pas. Prenez-le, mais ne l'essayez pas devant moi. Je ne le supporterai pas ! Non, je ne supporterai pas !

Il s'enfuit. Aussitôt, un quatrième muletier s'approche de Lancelot C'est un homme barbu, la mine sombre, avec un paquet sur l'épaule. Il défait son paquet. Il y a là une épée et une lance.

Le Dragon

LE QUATRIÈME MULETIER. – Tiens. On a forgé toute la nuit. Bonne chance.

Il s'en va. Le cinquième muletier s'approche de Lancelot. C'est un tout petit homme, cheveux gris, avec un instrument à cordes entre les mains.

LE CINQUIÈME MULETIER. – Je suis facteur d'instruments, monsieur Lancelot. Mon arrière-arrière-grand-père avait déjà commencé à fabriquer ce petit instrument. Nous y avons travaillé de génération en génération, et à force d'être dans les mains des hommes, il est devenu complètement humain. Au combat, il sera votre compagnon fidèle. Vous aurez les mains occupées par la lance et l'épée, mais il s'occupera tout seul de lui-même. Tout seul, il donnera le la, et s'accordera. Tout seul, il remplacera la corde cassée, et tout seul se mettra à jouer. Quand ce sera nécessaire, il exécutera un bis, et quand il le faudra, il se taira. Je dis vrai ?

L'instrument répond par une phrase musicale.

Vous voyez ? Nous vous avons vu, nous vous avons tous vu errer seul dans la ville, alors nous nous sommes dépêchés, dépêchés de vous armer de la tête aux pieds. Nous attendions, depuis des centaines d'années, nous attendions, le dragon nous avait réduits au silence, alors nous attendions tout bas, tout bas. Et voilà, on a fini d'attendre. Tuez-le et rendez-nous la liberté. Je dis vrai ?

L'instrument répond par une phrase musicale. Le cinquième muletier s'en va avec des gestes de salutations

LE CHAT. – Quand le combat commencera, nous – l'âne et moi –, nous irons nous mettre à l'abri dans la grange à l'arrière du palais, pour que les flammes n'aillent pas me roussir malencontreusement la peau. Si nécessaire, appelle-nous. Le

Acte II

petit âne a ici dans son barda[1] des remontants, des petits pâtés aux cerises, une pierre à aiguiser pour l'épée, des pointes de rechange pour la lance, des aiguilles et du fil.

LANCELOT. – Merci. (*Il se met sur le tapis, prend ses armes, pose l'instrument de musique à ses pieds, sort le bonnet d'invisibilité, le met et disparaît.*)

LE CHAT. – C'est du travail soigné. D'excellents artisans. Tu es toujours ici, Lancelot ?

LA VOIX DE LANCELOT. – Non. Je m'élève tout doucement. Au revoir, les amis.

LE CHAT. – Au revoir, mon cher. Ah ! que d'émotions, que de soucis. Non, être au désespoir, c'est beaucoup plus agréable. On somnole et on n'attend plus rien●. Je dis vrai, petit âne ?

L'âne agite les oreilles.

Discuter avec les oreilles, je ne sais pas faire. Parlons avec des mots, petit âne. Nous nous connaissons peu, mais si nous travaillons ensemble, on peut miauler en amis. C'est pénible d'attendre en silence. Miaulons un peu.

L'ÂNE. – Pas d'accord pour miauler.

LE CHAT. – Alors parlons, au moins. Le dragon pense que Lancelot est ici, mais il n'y plus aucune trace de lui. C'est drôle, pas vrai ?

L'ÂNE. – (*Sombre.*) Très marrant !

LE CHAT. – Pourquoi ne ris-tu donc pas ?

L'ÂNE. – On me battra. Dès que je me mets à rire fort, les gens disent : « Ce maudit âne recommence à braire. » Et ils me frappent.

---

1. **Barda** : chargement, équipement.

● Le chat exprime en fait la pensée des bourgeois : il est plus facile et plus confortable de rester soumis que de lutter.

LE CHAT. – Ah ! voilà pourquoi ! Tu as donc un rire si perçant ?

L'ÂNE. – Eh ! oui.

LE CHAT. – Et de quoi ris-tu ?

L'ÂNE. – Ça dépend... Je pense, je pense, et tout d'un coup je me souviens de quelque chose de drôle. Les chevaux, ils me font rire.

LE CHAT. – Pourquoi ?

L'ÂNE. – Comme ça... Ils sont bêtes.

LE CHAT. – Je te prie de m'excuser pour mon indiscrétion. J'ai là une question que je voulais te poser depuis longtemps...

L'ÂNE. – Alors ?

LE CHAT. – Comment peux-tu manger des épines ?

L'ÂNE. – Eh ! bien, quoi ?

LE CHAT. – Dans l'herbe, d'accord, on trouve des petites tiges comestibles. Mais les épines... C'est si sec !

L'ÂNE. – Pas du tout. J'aime quand ça pique.

LE CHAT. – Et la viande ?

L'ÂNE. – Quoi, la viande ?

LE CHAT. – Tu n'as pas essayé d'en manger ?

L'ÂNE. – La viande, ça ne se mange pas. La viande, ça se charge. On la met sur la charrette, patate.

LE CHAT. – Et le lait ?

L'ÂNE. – Ça, c'est ce que je buvais dans mon enfance*.

LE CHAT. – Ouf, Dieu merci, on pourra causer de sujets agréables, réconfortants.

L'ÂNE. – C'est vrai. Il est agréable de se souvenir. C'est réconfortant. Ma bonne mère. Le lait chaud. On tète, on tète. Le paradis ! C'est bon.

> ● Le lait et la viande n'étaient pas accessibles à toutes les couches sociales. L'URSS connut de grandes famines au début des années 1930.

Acte II

LE CHAT. – Laper le lait, c'est bon aussi.

L'ÂNE. – Pas d'accord pour laper.

LE CHAT. – (*Bondissant.*) Tu entends ?

L'ÂNE. – Ce sont ses sabots, à cette crapule.

Triple cri déchirant du dragon.

LE DRAGON. – Lancelot !

Pause.

Lancelot !

L'ÂNE. – Coucou ! (*Il éclate de son bruyant rire d'âne.*) Hi-han ! Hi-han ! Hi-han !

Les portes du palais s'ouvrent toutes grandes. Dans la fumée et dans les flammes, on distingue vaguement tantôt les trois caboches, tantôt d'énormes pattes, tantôt des yeux étincelants.

LE DRAGON. – Lancelot ! Admire-moi avant le combat. Où es-tu donc ?

Henri sort sur la place en courant. Se démenant, il cherche Lancelot, jette un œil dans le puits.

Où est-il donc ?

HENRI. – Il s'est caché, votre excellence.

LE DRAGON. – Eh ! Lancelot ! Où est-ce que tu es ?

Tintement d'une épée.

Qui a osé me frapper ?

LA VOIX DE LANCELOT. – C'est moi, Lancelot !

Noir complet. Rugissement menaçant. La lumière s'allume. Henri rentre à toute vitesse dans l'Hôtel de Ville. Vacarme du combat.

LE CHAT. – Courons nous mettre à l'abri.

L'ÂNE. – Il est temps.

Ils s'en vont en courant. La place se remplit de monde. Silence inhabituel du peuple. Tous murmurent entre eux en regardant le ciel.

Le Dragon

LE PREMIER BOURGEOIS. – Comme le combat se prolonge péniblement !

LE DEUXIÈME BOURGEOIS. – Oui ! Ça fait déjà deux minutes, sans aucun résultat.

LE PREMIER BOURGEOIS. – J'espère que tout sera fini dans un instant.

LE DEUXIÈME BOURGEOIS. – Ah ! notre vie était si tranquille… Dire que maintenant, c'est l'heure du petit-déjeuner, et on n'a pas envie de manger. Quelle horreur ! Bonjour, monsieur le jardinier. Pourquoi êtes-vous si triste ?

LE JARDINIER. – Aujourd'hui se sont ouvertes mes roses-thé[1], mes roses-pain et mes roses-vin. Quand on les regarde, on n'a plus ni faim ni soif. Monsieur le dragon a promis de passer les voir et de donner de l'argent pour les expériences ultérieures. Mais maintenant, il combat. Cette horreur peut réduire à néant les fruits de nombreuses années d'efforts.

LE COLPORTEUR. – (*Chuchotant avec vivacité.*) Pour qui, pour qui ces verres fumés ? Regardez à travers, vous y verrez monsieur le dragon bien fumé.

Tout le monde rit tout bas.

LE PREMIER BOURGEOIS. – Quel scandale ! Ah ! ah ! ah !

LE DEUXIÈME BOURGEOIS. – On le verra bien fumé, tu parles !

Ils achètent les verres.

---

1. **Roses-thé** : larges roses fleurissant à plus d'un mètre de haut. La rose-pain et la rose-vin sont de pures inventions.

● Très dépendants du pouvoir, les savants soviétiques devaient rendre des comptes à Staline. C'est ainsi que le biogénéticien Vavilov fut accusé de servir la « science bourgeoise » avec ses expériences sur les plantes. Il mourut en prison et la génétique prit un retard considérable en URSS.

Acte II

UN PETIT GARÇON. – Maman, qui c'est qui fait détaler le dragon, dans le ciel ?

TOUS. – Chut !

LE PREMIER BOURGEOIS. – Il ne détale pas, mon garçon, il manœuvre.

UN PETIT GARÇON. – Et pourquoi il met sa queue entre les jambes ?

TOUS. – Chut !

LE PREMIER BOURGEOIS. – Il met sa queue entre les jambes selon un plan qu'il a prémédité, mon garçon.

LA PREMIÈRE BOURGEOISE. – Dire que la guerre dure depuis déjà six minutes entières, et on n'en voit pas encore la fin. Tout le monde est si agité, même les simples vendeuses des kiosques ont multiplié par trois le prix du lait.

LA DEUXIÈME BOURGEOISE. – Ah ! si ce n'était que les vendeuses. Sur la route pour venir, nous avons vu un spectacle qui glace encore plus le cœur. Le sucre et le beurre, pâles comme la mort, se répandaient hors des magasins, dans les entrepôts. Ce sont des produits terriblement nerveux. Qu'ils entendent le bruit d'un combat, et aussitôt ils se cachent●.

Cris d'horreur. La foule se rue sur le côté. Charlemagne apparaît.

CHARLEMAGNE. – Bonjour, messieurs dames.

Silence.

Vous ne me reconnaissez pas ?

LE PREMIER BOURGEOIS. – Bien sûr que non. Depuis la soirée d'hier, vous êtes devenu complètement méconnaissable.

CHARLEMAGNE. – Pourquoi ?

● Le dramaturge* se sert du merveilleux pour décrire la hausse du prix des denrées en temps de guerre.

Le Dragon

LE JARDINIER. – Des gens horribles. Ils accueillent les étrangers. Ils mettent de mauvaise humeur le dragon. C'est pire que de marcher sur la pelouse. Et ça demande encore pourquoi●.

LE DEUXIÈME BOURGEOIS. – Personnellement, je ne vous reconnais absolument pas, depuis que votre maison a été encerclée par la garde.

CHARLEMAGNE. – Oui, c'est épouvantable, n'est-ce pas ? Cette garde idiote ne me laisse pas m'approcher de ma propre fille. Elle dit que le dragon a ordonné que personne ne s'approche d'Elsa.

LE PREMIER BOURGEOIS. – Qu'est-ce que vous croyez ? Selon leur point de vue, ils ont absolument raison.

CHARLEMAGNE. – Elsa est toute seule, là-bas. À vrai dire, elle me faisait bien des signes joyeux par la fenêtre, mais c'est sans doute uniquement pour me tranquilliser. Ah ! je ne trouve plus aucune place pour moi !

LE DEUXIÈME BOURGEOIS. – Comment, aucune place ? On vous a donc démis de vos fonctions d'archiviste● ?

CHARLEMAGNE. – Non.

LE DEUXIÈME BOURGEOIS. – Alors de quelle place vous parlez ?

CHARLEMAGNE. – Vraiment, vous ne me comprenez pas ?

LE PREMIER BOURGEOIS. – Non. Depuis que vous êtes devenu ami avec cet intrus, nous nous parlons dans des langues différentes.

Vacarme du combat, coups d'épée.

LE PETIT GARÇON. – (*Montrant le ciel.*) Maman, maman ! Il a les quatre fers en l'air. Quelqu'un le frappe si fort que des étincelles jaillissent !

● Charlemagne est victime d'ostracisme : il est rejeté par la collectivité pour avoir sympathisé avec un opposant au régime.

● Quiproquo* sur le mot « place » : Charlemagne veut exprimer son angoisse, tandis que le bourgeois entend le mot au sens propre.

Acte II

TOUS. – Chut !

Les trompettes sonnent. Henri et le bourgmestre apparaissent.

LE BOURGMESTRE. – Écoutez cet ordre. Pour éviter une épidémie de maladies des yeux, et uniquement pour cette raison, il est interdit de regarder le ciel. Ce qui se passe dans le ciel, vous l'apprendrez par un communiqué qui sera publié, autant que nécessaire, par le secrétaire en personne de monsieur le dragon.

LE PREMIER BOURGEOIS. – Voilà qui est juste.

LE DEUXIÈME BOURGEOIS. – Il est grand temps.

LE PETIT GARÇON. – Mais maman, pourquoi c'est mauvais de le regarder se faire battre ?

TOUS. – Chut !

Apparaissent les amies d'Elsa.

LA PREMIÈRE AMIE. – La guerre dure depuis dix minutes ! Pourquoi ce Lancelot ne se rend-il pas ?

LA DEUXIÈME AMIE. – Il sait pourtant que c'est impossible de vaincre le dragon.

LA TROISIÈME AMIE. – Il fait tout simplement exprès pour nous tourmenter.

LA PREMIÈRE AMIE. – J'ai oublié mes gants chez Elsa. Mais maintenant, ça m'est égal. Ce combat m'a tellement fatiguée que je ne ressens aucun regret.

LA DEUXIÈME AMIE. – Moi aussi, je suis devenue complètement indifférente. Elsa voulait m'offrir ses nouvelles chaussures en souvenir, mais je ne m'en souviens même plus.

LA TROISIÈME AMIE. – Et dire que sans cet étranger, le dragon aurait déjà emporté depuis longtemps Elsa chez lui. Et nous resterions tranquillement chez nous pour pleurer.

LE COLPORTEUR. – (*Avec vivacité, chuchotant.*) Pour qui, pour qui cet instrument scientifique intéressant, qu'on nomme

Le Dragon

miroir ? On regarde vers le bas, et on voit le ciel. Pour un prix raisonnable, chacun peut voir le dragon à ses pieds.
Tout le monde rit tout bas.
LE PREMIER BOURGEOIS. – Quel scandale ! Ah ! ah ! ah !
LE DEUXIÈME BOURGEOIS. – Le voir à nos pieds ! À d'autres !
Ils liquident son stock de miroirs. Tous, répartis en petits groupes, regardent dedans. Vacarme d'un combat de plus en plus acharné.
LA PREMIÈRE BOURGEOISE. – Mais c'est horrible !
LA DEUXIÈME BOURGEOISE. – Pauvre dragon !
LA PREMIÈRE BOURGEOISE. – Il a cessé de cracher des flammes.
LA DEUXIÈME BOURGEOISE. – Il fume seulement.
LE PREMIER BOURGEOIS. – Quelles manœuvres complexes.
LE DEUXIÈME BOURGEOIS. – À mon avis... Non, je ne dirai rien !
LE PREMIER BOURGEOIS. – Je n'y comprends rien.
HENRI. – Écoutez le communiqué du conseil municipal. Le combat approche de la fin. L'adversaire a perdu son épée. Sa lance est brisée. Sur son tapis volant sont apparues des mites qui anéantissent avec une rapidité sans précédent les forces aériennes de l'ennemi. Coupé de sa base, l'adversaire ne peut pas se procurer de naphtaline[1] et il attrape les mites en les enfermant entre ses paumes, ce qui le prive de la mobilité indispensable. Si monsieur le dragon n'anéantit pas l'ennemi, c'est uniquement par amour de la guerre. Il n'est pas encore rassasié d'exploits, et ne se considère pas satisfait par les merveilles de son propre courage.
LE PREMIER BOURGEOIS. – Voilà, maintenant, je comprends tout.
LE PETIT GARÇON. – Oh, regarde, maman, regarde, quelqu'un lui donne une correction en le prenant par le cou, tu me crois, dis ?

---

1. **Naphtaline** : produit antimite dérivé du goudron de houille.

Acte II

LE PREMIER BOURGEOIS. – Il a trois cous, mon garçon.

LE PETIT GARÇON. – Et regardez, maintenant, il se fait tirer par les trois cous.

LE PREMIER BOURGEOIS. – C'est du trompe-l'œil, mon garçon !

LE PETIT GARÇON. – C'est bien ce que je dis, une tromperie. Je me bagarre souvent, alors je comprends ceux qui se font battre. Oh ! qu'est-ce que c'est ?

LE PREMIER BOURGEOIS. – Emmenez l'enfant.

LE DEUXIÈME BOURGEOIS. – Je n'y crois pas, je n'en crois pas mes propres yeux. Un médecin, un médecin pour mes yeux !

LE PREMIER BOURGEOIS. – Elle tombe ici. Je ne le supporterai pas ! Poussez-vous ! Laissez-moi voir !...

Une tête de dragon s'écrase avec fracas sur la place.

LE BOURGMESTRE. – Un communiqué ! La moitié de ma vie pour un communiqué !

HENRI. – Écoutez le communiqué du conseil municipal. Affaibli, Lancelot a tout perdu et a été fait partiellement prisonnier.

LE PETIT GARÇON. – Comment ça, partiellement ?

HENRI. – C'est comme ça. Secret défense. Les parties restantes résistent de manière désordonnée. Entre-temps, monsieur le dragon a accordé une permission à l'une de ses têtes, pour cause de maladie, et l'a enrôlée parmi les réservistes[1] de première ligne.

LE PETIT GARÇON. – Tout de même, je ne comprends pas...

LE PREMIER BOURGEOIS. – Qu'est-ce que tu ne comprends pas, maintenant ? Tu as déjà perdu des dents ?

LE PETIT GARÇON. – Oui.

LE PREMIER BOURGEOIS. – Eh ! bien, voilà. Et tu es vivant.

---

1. **Les réservistes** : soldats gardés disponibles, en dehors de l'armée active.

Le Dragon

LE PETIT GARÇON. – Mais ma tête n'est jamais tombée.

LE PREMIER BOURGEOIS. – Tout arrive !

HENRI. – Écoutez cet aperçu des événements actuels. Titre : *Pourquoi deux est, au fond, supérieur à trois*. Les deux têtes reposent sur deux cous. Ce qui donne quatre. Voilà. Et en outre, leur position est imprenable.

Une deuxième tête de dragon s'écrase avec fracas sur la place.

En raison de problèmes techniques, l'aperçu est différé. Écoutez ce communiqué. Les opérations militaires se déroulent conformément aux plans élaborés par le dragon.

LE PETIT GARÇON. – C'est tout ?

HENRI. – C'est tout pour l'instant.

LE PREMIER BOURGEOIS. – J'ai perdu les deux tiers de mon estime pour le dragon. Monsieur Charlemagne ! Cher ami ! Pourquoi restez-vous là-bas, à l'écart ?

LE DEUXIÈME BOURGEOIS. – Approchez, approchez.

LE PREMIER BOURGEOIS. – Se peut-il vraiment que la garde ne vous laisse pas approcher votre fille unique ? Quel scandale !

LE DEUXIÈME BOURGEOIS. – Pourquoi vous taisez-vous ?

LE PREMIER BOURGEOIS. – Auriez-vous du ressentiment contre nous ?

CHARLEMAGNE. – Non, mais je suis un peu perdu. Au début, vous ne me reconnaissiez pas, et vous ne faisiez aucunement semblant. Je vous connais. Et maintenant, tout aussi sincèrement, vous êtes contents de me voir.

LE JARDINIER. – Ah ! monsieur Charlemagne. Il ne faut pas réfléchir. C'est trop effrayant. C'est effrayant de penser au temps que j'ai perdu à courir pour lécher la patte de ce monstre unicéphale[1]. Combien de fleurs j'aurais pu faire pousser !

---

1. **Unicéphale** : qui n'a qu'une tête.

Acte II

HENRI. – Écoutez cet aperçu des événements !

LE JARDINIER. – Fichez-nous la paix ! Vous nous cassez les pieds !

HENRI. – Peu importe ! On est en guerre. Il faut supporter. Donc, je commence. Un unique Dieu, un unique soleil, une unique lune, une unique tête sur les épaules de notre souverain. N'avoir qu'une seule tête, c'est humain, c'est faire preuve d'humanité au sens le plus noble du terme. En outre, c'est extrêmement commode aussi sur le plan purement militaire. Cela réduit considérablement le front. Défendre une seule tête, c'est trois fois plus facile que d'en défendre trois●.

La troisième tête du dragon s'écrase avec fracas sur la place. Explosion de cris. Maintenant, tout le monde parle très fort.

LE PREMIER BOURGEOIS. – À bas le dragon !

LE DEUXIÈME BOURGEOIS. – On nous trompait depuis notre enfance !

LA PREMIÈRE BOURGEOISE. – Bon débarras ! Plus personne à qui obéir ?

LA DEUXIÈME BOURGEOISE. – Je suis comme ivre, parole d'honneur !

LE PETIT GARÇON. – Maintenant, maman, il n'y aura sûrement plus de cours à l'école ! Hourra !

LE COLPORTEUR. – Pour qui, pour qui ce jouet ? Un dragounet-navet ! Hop... et plus de tête !

Tout le monde rit à gorge déployée.

LE JARDINIER. – Très spirituel. Comment ? Un dragon-tubercule ? Qu'on l'enferme dans le parc. Jusqu'à la fin de sa vie ! À perpète ! Hourra !

● Si absurdes qu'ils soient, les communiqués et aperçus prononcés par Henri s'inspirent des discours de propagande en temps de guerre.

Le Dragon

TOUS. – Hourra ! À bas le dragon ! Le dragounet-navet ! Pas de quartier !

HENRI. – Écoutez ce communiqué !

TOUS. – On n'écoute pas ! Tout ce qu'on veut, on le crie, et on beugle ce qu'on a envie ! Quel bonheur ! En avant !

LE BOURGMESTRE. – Eh ! la garde !

La garde accourt sur la place.

(*À Henri.*) Parle. Commence en douceur, puis frappe. Garde-à-vous !

Tout le monde fait silence.

HENRI. – (*D'une voix très douce.*) Écoutez, s'il vous plaît, ce communiqué. Sur les lignes du front, il ne s'est littéralement rien, mais rien passé du tout d'intéressant. Tout va entièrement pour le mieux. On annonce un gentil petit état de siège. Pour toute propagation de petites rumeurs, (*menaçant*) nous trancherons des têtes, sans commuer aucune peine en amende. Compris ? Rentrez tous chez vous ! Gardes, nettoyez la place !

La place se vide.

Alors ? Qu'as-tu pensé de ce spectacle ?

LE BOURGMESTRE. – Tais-toi, fiston.

HENRI. – Pourquoi tu souris ?

LE BOURGMESTRE. – Tais-toi, fiston.

Choc assourdissant, pesant, qui ébranle la terre.

C'est le corps du dragon qui s'est écrasé sur le sol, derrière les moulins.

LA PREMIÈRE TÊTE DU DRAGON. – Garçon !

HENRI. – Pourquoi tu te frottes les mains, papa ?

LE BOURGMESTRE. – Ah ! fiston, c'est le pouvoir lui-même qui m'est tombé dans les mains.

LA DEUXIÈME TÊTE DU DRAGON. – Bourgmestre, approche ! Donne-moi de l'eau ! Bourgmestre !

Acte II

LE BOURGMESTRE. – Tout se passe à merveille, Henri. Le défunt les a éduqués de telle manière qu'ils soutiendront toute personne qui tiendra les rênes.

HENRI. – Pourtant, tout à l'heure, sur la place...

LE BOURGMESTRE. – Peuh, des bagatelles. N'importe quel chien saute comme un fou quand on le défait de sa chaîne, mais ensuite il regagne tout seul sa niche●.

LA TROISIÈME TÊTE DU DRAGON. – Garçon ! Approche donc ! Je meurs !

HENRI. – Et Lancelot, tu n'en as pas peur, papa ?

LE BOURGMESTRE. – Non, fiston. Penses-tu vraiment qu'il ait été si facile de tuer le dragon ? Le plus certain, c'est que monsieur Lancelot gît sans force sur son tapis volant et que le vent l'emporte loin de notre ville.

HENRI. – Et si, tout d'un coup, il descend...

LE BOURGMESTRE. – Alors nous viendrons facilement à bout de lui. Il est affaibli, je t'assure. Notre cher défunt savait quand même se battre. Allons-y. On va rédiger les premiers ordres. Le principal est de continuer comme si rien ne s'était passé.

LA PREMIÈRE TÊTE. – Garçon ! Bourgmestre !

LE BOURGMESTRE. – Allons, allons, le temps presse.

Ils s'en vont.

LA PREMIÈRE TÊTE. – Pourquoi, pourquoi je l'ai frappé de ma deuxième patte gauche ? J'aurais dû utiliser ma deuxième droite.

LA DEUXIÈME TÊTE. – Eh ! il y a quelqu'un ? Eh ! Miller ! Tu m'embrassais la queue, quand on se rencontrait. Eh !

● La démocratie nouvellement acquise, très vulnérable, peut rapidement basculer vers une autre dictature.

Le Dragon

Friedrichsen ! C'est toi qui m'a offert une pipe à trois embouts, avec l'inscription : « Je t'appartiens pour toujours ». Où es-tu, Anna Maria Frederica Weber ? Tu te disais amoureuse de moi, et tu portais sur la poitrine, dans un petit sac de velours, mes petits fragments de griffes. Nous avons appris de bonne heure à nous entendre les uns les autres. Où êtes-vous donc, tous ? Donnez-moi de l'eau. Mais le voilà, le puits, tout près. Une gorgée ! Une demi-gorgée ! Au moins de quoi humecter mes lèvres.

LA PREMIÈRE TÊTE. – Laissez-moi, laissez-moi repartir à zéro ! Je vous écraserai tous !

LA DEUXIÈME TÊTE. – Une gouttelette, qui que vous soyez.

LA TROISIÈME TÊTE. – Il aurait fallu tailler ne serait-ce qu'une âme fidèle. C'est le tissu qui résistait.

LA DEUXIÈME TÊTE. – Silence ! Je flaire un être vivant, tout près. Approche. Donne-moi de l'eau.

LA VOIX DE LANCELOT. – Impossible !

Et sur la place apparaît Lancelot. Debout sur le tapis volant, il s'appuie sur son épée recourbée. Dans ses mains, le bonnet d'invisibilité. À ses pieds, l'instrument de musique.

LA PREMIÈRE TÊTE. – Tu as vaincu par un coup de chance ! Si j'avais frappé de ma deuxième droite...

LA DEUXIÈME TÊTE. – Mais enfin, adieu !

LA TROISIÈME TÊTE. – Ce qui me console, c'est que je te laisse les âmes de faux jetons, les âmes percées, les âmes mortes... Mais enfin, adieu !

LA DEUXIÈME TÊTE. – Le seul homme à mon chevet, c'est celui qui m'a tué. Voilà comment ma vie s'est achevée !

LES TROIS TÊTES. – (*En chœur.*) Ma vie s'est achevée. Adieu ! (*Elles meurent.*)

Acte II

LANCELOT. – Elles sont mortes, mais moi non plus, je ne vais pas très bien. Mes bras n'obéissent pas. Je vois mal. Et j'entends sans arrêt quelqu'un m'appeler par mon nom : « Lancelot, Lancelot ». Une voix familière. Une voix désespérée. Je n'ai pas envie de partir. Mais je crois que cette fois, il va falloir. Qu'en penses-tu : je meurs ?

L'instrument de musique répond.

Oui, à t'écouter, cela semble à la fois noble et sublime. Mais je me sens terriblement mal. Je suis blessé à mort. Attends, attends un peu... Mais le dragon est tué, et voilà que je commence à respirer plus facilement. Elsa ! Je l'ai vaincu ! À vrai dire, jamais plus je ne te verrai, Elsa ! Tu ne me souriras pas, tu ne m'embrasseras pas, tu ne me demanderas pas : « Lancelot, qu'est-ce que tu as ? Pourquoi as-tu l'air si malheureux ? Pourquoi as-tu tellement la tête qui tourne ? Pourquoi tes épaules te font-elles souffrir ? Qui t'appelle si obstinément : Lancelot, Lancelot ? » C'est la mort qui m'appelle, Elsa. Je meurs. C'est très triste, pas vrai ?

L'instrument de musique répond.

C'est très vexant. Ils se sont tous cachés. Comme si la victoire était une sorte de malheur. Mais attends-moi donc, la mort. Tu me connais. Je t'ai plus d'une fois regardé dans les yeux, sans jamais me cacher. Je ne fuirai pas ! J'entends. Laisse-moi encore réfléchir une minute. Ils se sont tous cachés. Voilà. Mais maintenant, chez eux, ils reprennent tout doucettement conscience. Leurs âmes se redressent. Pourquoi, chuchotent-ils, pourquoi est-ce que nous avons nourri et entretenu ce monstre ? À cause de nous, un homme meurt en ce moment sur la place, seul dans sa solitude. Allons, désormais nous serons plus raisonnables ! Voyez quel combat a éclaté dans le

Le Dragon

ciel à cause de nous. Voyez comme le pauvre Lancelot respire douloureusement. Non, assez, assez ! Par notre faiblesse, les plus forts, les plus braves, les moins résignés ont péri. Même les pierres seraient plus raisonnables. Mais nous, tout de même, nous sommes des hommes. C'est comme ça qu'on chuchote en ce moment dans chaque maison, dans chaque pièce. Tu entends ?
L'instrument de musique répond.
Oui, oui, exactement comme ça. Je ne meurs donc pas en vain. Adieu, Elsa. Je savais que je t'aimerais jusqu'à la fin de ma vie... Seulement, je n'imaginais pas que ma vie s'achèverait si vite. Adieu, la ville, adieu, le matin, le jour, le soir. Voici la nuit venue ! Eh ! vous ! La mort m'appelle, me presse... Mes pensées deviennent confuses... Il y a quelque chose... Quelque chose que je ne suis pas parvenu à dire... Eh ! vous ! N'ayez pas peur. Ne pas vexer la veuve et l'orphelin, c'est faisable. Avoir pitié les uns des autres, c'est faisable aussi. N'ayez pas peur. Ayez pitié les uns des autres. Ayez pitié, et vous serez heureux● ! Parole d'honneur, c'est la vérité, parole d'honneur, la plus pure vérité qui soit sur terre. Voilà, c'est tout. Je vais partir. Adieu.
L'instrument de musique répond.

RIDEAU

● Cet appel au courage et à la miséricorde s'adresse non seulement aux bourgeois de la pièce, mais aussi aux spectateurs (on parle de double énonciation*).

Acte II

Le Dragon, mise en scène de Laurent Serrano avec Xavier Czapla et Eric Malgouyres, Théâtre de l'Ouest Parisien, Boulogne-Billancourt (2003).

Acte III

🌿

Une salle luxueusement meublée, dans le palais du bourgmestre. À l'arrière-plan, de chaque côté de la porte, des tables en forme de demi-lunes dressées pour le souper. Devant, au centre, une petite table, sur laquelle se trouve un gros livre avec une reliure dorée. Au lever du rideau, l'orchestre retentit. Un groupe de bourgeois, regardant la porte, lance des cris.

LES BOURGEOIS. – (*Bas.*) Un, deux, trois. (*Haut.*) Vive le vainqueur du dragon ! (*Bas.*) Un, deux, trois. (*Haut.*) Vive notre souverain ! (*Bas.*) Un, deux, trois. (*Haut.*) Nous sommes si comblés... cela dépasse l'entendement[1] ! (*Bas.*) Un, deux, trois. (*Haut.*) Nous entendons ses pas !

Entre Henri.

(*Haut, mais en chœur.*) Hourra ! Hourra ! Hourra !

LE PREMIER BOURGEOIS. – Ô notre glorieux libérateur ! Cela fait tout juste un an que le maudit, l'antipathique[2], l'indélicat, le fils de chienne et répugnant dragon a été terrassé par vous.

LES BOURGEOIS. – Hourra ! Hourra ! Hourra !

LE PREMIER BOURGEOIS. – Depuis ce temps, nous vivons fort bien. Nous...

HENRI. – Arrêtez, arrêtez, mes chers. Mettez l'accent sur « fort ».

LE PREMIER BOURGEOIS. – Entendu. Depuis ce temps, nous vivons *foort* bien.

HENRI. – Non, non, mon cher. Pas comme ça. Il ne faut pas se concentrer sur le « o ». Cela donne une sorte de hurlement équivoque : « fowrt ». Insistez plutôt sur le « f ».

---

1. **Cela dépasse l'entendement** : c'est extraordinaire, inimaginable.
2. **Antipathique** : qui suscite la haine ou le dégoût.

Acte III

LE PREMIER BOURGEOIS. – Depuis ce temps, nous vivons *ffffort* bien.

HENRI. – Voilà ! Je valide cette variante. D'ailleurs, vous connaissez le vainqueur du dragon. Il est d'une simplicité qui va jusqu'à la naïveté. Il aime la franchise, la sincérité. Continuez.

LE PREMIER BOURGEOIS. – C'est bien simple, nous ne savons pas où nous fourrer, tellement nous sommes heureux.

HENRI. – Parfait ! Arrêtez. Insérons ici quelque chose de... d'humain, de vertueux... Le vainqueur du dragon aime ça. (*Il claque des doigts.*) Attendez, attendez, attendez ! J'y suis, j'y suis, j'y suis ! Ça y est ! J'ai trouvé ! Même les oiseaux gazouillent joyeusement. Le mal a disparu, le bien est advenu ! Cui-cui, cui-cui, hourra ! On répète.

LE PREMIER BOURGEOIS. – Même les oiseaux gazouillent joyeusement. Le mal a disparu, le bien est advenu ! Cui-cui, cui-cui, hourra !

HENRI. – Un peu triste, votre gazouillis, mon cher. Gare à vous, sinon c'est vous qui serez cuit.

LE PREMIER BOURGEOIS. – (*Joyeux.*) Cui-cui, cui-cui, hourra !

HENRI. – Comme ça, c'est mieux. Bon, ça va. Les parties qui restent, on les a déjà répétées ?

LE PREMIER BOURGEOIS. – Tout à fait, monsieur le bourgmestre.

HENRI. – Tant mieux. Le vainqueur du dragon, président de notre ville franche[1], va passer vous voir. Retenez bien : il faut lui parler calmement et en même temps de manière sincère, humaine, démocratique. C'est le dragon qui faisait toutes ces cérémonies, mais nous...

---

1. **Ville franche** : ville libre, non soumise à une imposition.

Le Dragon

LA SENTINELLE. – (*De la porte centrale.*) Gaaarde-à-vous ! Alignement à la porte ! Son excellence monsieur le président de notre ville franche arrive par le couloir. (*Inexpressif. Voix de basse.*) Ah ! notre chéri ! Ah ! notre bienfaiteur ! Il a tué le dragon ! Oh, dis donc !

La musique retentit. Entre le bourgmestre.

HENRI. – Votre excellence monsieur le président de notre ville franche ! Aucun incident à signaler pendant mon service. Il y a ici dix hommes. Chacun d'entre eux est heureux à la folie… À ce poste…

LE BOURGMESTRE. – Repos, repos, messieurs. Bonjour, bourgmestre. (*Il serre la main d'Henri.*) Oh ! qui sont ces gens ? Hein, bourgmestre ?

HENRI. – Nos concitoyens, qui se souviennent que vous avez tué le dragon il y a tout juste un an. Ils sont accourus pour vous féliciter●.

LE BOURGMESTRE. – Est-ce possible ? Quelle charmante surprise ! Allons, faites, faites.

LES BOURGEOIS. – (*Bas.*) Un, deux, trois. (*Haut.*) Vive le vainqueur du dragon ! (*Bas.*) Un, deux, trois. (*Haut.*) Vive notre souverain…

Entre le geôlier[1].

LE BOURGMESTRE. – Arrêtez, arrêtez ! Bonjour, geôlier.

LE GEOLIER. – Bonjour, votre excellence.

LE BOURGMESTRE. – (*Aux bourgeois.*) Merci, messieurs. Je sais bien ce que vous voulez dire. Diable, une larme involontaire. (*Il essuie une larme.*) Mais maintenant, comprenez, nous avons un mariage à la maison, et il me reste quelques broutilles à

---

1. Geôlier : gardien d'une prison.

● Le bourgmestre s'attribue l'exploit de Lancelot : ce type d'usurpation est fréquent dans les légendes.

Acte III

régler. Partez, mais venez ensuite au mariage. Réjouissons-nous. Le cauchemar est fini, et maintenant, nous pouvons vivre. Pas vrai ?

LES BOURGEOIS. – Hourra ! Hourra ! Hourra !

LE BOURGMESTRE. – C'est ça, c'est ça. L'esclavage n'est plus qu'une légende, et nous voici métamorphosés. Vous vous souvenez de ce que j'étais, à l'époque du maudit dragon ? Un malade, un aliéné. Et maintenant ? Une santé de fer. Quant à vous, n'en parlons pas. Avec moi, vous êtes toujours joyeux et gais comme des pinsons. Allons, dispersez-vous. Filez ! Henri, raccompagne-les.

Les bourgeois s'en vont.

Alors, quoi de neuf dans ta prison ?

LE GEÔLIER. – On croupit.

LE BOURGMESTRE. – Et mon ancien adjoint, comment va ?

LE GEÔLIER. – Il est aux supplices.

LE BOURGMESTRE. – Ah ! ah ! Tu ne te paies pas ma tête ?

LE GEÔLIER. – Vrai de vrai : aux supplices.

LE BOURGMESTRE. – Mais encore ?

LE GEÔLIER. – Il grimpe au mur.

LE BOURGMESTRE. – Ah ! ah ! Bien fait pour lui ! Un odieux personnage. Généralement, quand je raconte une blague, tout le monde rit, mais lui, il montre du doigt sa barbe : c'est une blague usée, dit-il, elle est barbante. Eh ! bien, croupis, maintenant. Tu lui as montré mon portrait ?

LE GEÔLIER. – Et comment !

LE BOURGMESTRE. – Lequel ? Celui où je souris gaiement ?

LE GEÔLIER. – Celui-là même.

LE BOURGMESTRE. – Et alors ?

LE GEÔLIER. – Il pleure.

Le Dragon

LE BOURGMESTRE. – Tu ne te paies pas ma tête ?[1]

LE GEÔLIER. – Vrai de vrai : il pleure.

LE BOURGMESTRE. – Ah ! ah ! Ça fait plaisir. Et les tisserands qui avaient fourni à ce... un tapis volant ?

LE GEÔLIER. – J'en ai plein le dos, de ces maudits. Ils sont enfermés à des étages différents, mais ils se comportent comme un seul homme. Ce que dit l'un, l'autre le dit aussi.

LE BOURGMESTRE. – Mais, à part ça, ils ont maigri ?

LE GEÔLIER. – Chez moi, on maigrit !

LE BOURGMESTRE. – Et le forgeron ?

LE GEÔLIER. – Il a encore scié ses barreaux. On a dû mettre des barreaux en diamant à sa fenêtre.

LE BOURGMESTRE. – Soit, soit, ne regarde pas à la dépense. Mais comment est-il ?

LE GEÔLIER. – Déconcerté.

LE BOURGMESTRE. – Ah ! ah ! Ça fait plaisir !

LE GEÔLIER. – Le bonnetier a tricoté pour les souris des bonnets qui font que les chats les laissent tranquilles.

LE BOURGMESTRE. – Ah ! bon ? Pourquoi ?

LE GEÔLIER. – Ils les admirent. Et le musicien, il chante, ça donne le cafard. Quand je passe le voir, je me bouche les oreilles avec de la cire.

LE BOURGMESTRE. – Bon. Et en ville ?

LE GEÔLIER. – C'est calme. Mais les gens écrivent.

LE BOURGMESTRE. – Quoi ?

LE GEÔLIER. – Des « L » sur les murs. Ça veut dire : *Lancelot*.

LE BOURGMESTRE. – Sottise. La lettre « L » signifie : *Longue vie au président*.

1. **Tu ne te paies pas ma tête ?** : ne te moques pas de moi.

Acte III

LE GEÔLIER. – Bon. Alors on ne les emprisonne pas, ceux qui écrivent ?

LE BOURGMESTRE. – Si, pourquoi pas. Emprisonne. Qu'est-ce qu'ils écrivent encore ?

LE GEÔLIER. – J'ai honte de le dire. Le président est une brute. Son fils est un escroc... Le président... (*Il ricane d'une voix grave.*) Je n'ose pas répéter les mots qu'ils emploient. Mais ce qu'ils écrivent le plus, c'est la lettre « L ».

LE BOURGMESTRE. – En voilà, des timbrés ! Qu'est-ce qu'il leur a fait, ce Lancelot ? Et on n'a vraiment aucune information sur lui ?

LE GEÔLIER. – Disparu.

LE BOURGMESTRE. – Tu as interrogé les oiseaux ?

LE GEÔLIER. – Ouais.

LE BOURGMESTRE. – Tous ?

LE GEÔLIER. – Ouais. Regardez le cachet que m'a fourni l'aigle. Il m'a donné des coups de bec dans l'oreille.

LE BOURGMESTRE. – Alors, qu'est-ce qu'ils disent ?

LE GEÔLIER. – Qu'ils n'ont pas vu Lancelot. Seul le perroquet dit que si. On lui dit : *Vu ?* Et lui : *Vu.* On lui dit : *Lancelot ?* Et lui : *Lancelot.* Mais on sait bien le genre de bête que c'est, le perroquet.

LE BOURGMESTRE. – Et les serpents ?

LE GEÔLIER. – Ceux-là, ils se déplaceraient eux-mêmes, s'ils avaient appris quelque chose. Ils sont des nôtres. En plus, ils sont apparentés au défunt. Mais ils ne se déplacent pas.

LE BOURGMESTRE. – Et les poissons ?

LE GEÔLIER. – Ils se taisent.

LE BOURGMESTRE. – Peut-être qu'ils savent quelque chose ?

LE GEÔLIER. – Non. Les experts en pisciculture[1] les ont regardés dans les yeux – ils confirment : ils ne savent rien, disent-ils.

---

1. **Pisciculture** : élevage des poissons.

Le Dragon

Bref, Lancelot, alias saint Georges, alias Persée l'aventurier[1], auquel on donne un nom différent dans chaque pays, n'a pas été retrouvé à ce jour.

LE BOURGMESTRE. – Qu'ils aillent se faire voir.

Entre Henri.

HENRI. – Monsieur l'archiviste Charlemagne, le père de l'heureuse fiancée, est arrivé.

LE BOURGMESTRE. – Bon, bon. C'est justement lui qu'il me faut. Fais-le entrer.

Entre Charlemagne.

Bon, allez-y, geôlier. Continuez votre travail. Je suis content de vous.

LE GEÔLIER. – On s'applique.

LE BOURGMESTRE. – Appliquez-vous. Charlemagne, vous connaissez le geôlier ?

CHARLEMAGNE. – Très peu, monsieur le président.

LE BOURGMESTRE. – Bon, bon. Pas grave. Peut-être que vous aurez l'occasion de vous connaître davantage.

LE GEÔLIER. – Je le coffre ?

LE BOURGMESTRE. – Allons, allons, tu ne penses qu'à coffrer tout le monde. Va, va, pour le moment. Au revoir.

Le geôlier sort.

Allons, Charlemagne, vous devinez, évidemment, pourquoi nous vous avons appelé ? Tous les soucis municipaux, les tracas et tout le tralala m'ont empêché de passer vous voir en personne. Mais vous savez bien, vous et Elsa, par les décrets qui sont affichés dans la ville, que c'est aujourd'hui son mariage.

---

1. **Persée** : héros de la mythologie grecque, qui tua Méduse au regard pétrifiant et délivra d'un monstre marin la princesse Andromède.

Acte III

CHARLEMAGNE. – Oui, nous savons cela, monsieur le président.

LE BOURGMESTRE. – Nous autres, de l'État, nous ne faisons pas de demandes en mariage avec des fleurs, des soupirs, etc. Nous ne demandons pas, nous décrétons, sans nous embarrasser. Ha ! ha ! C'est extrêmement commode. Elsa est heureuse ?

CHARLEMAGNE. – Non.

LE BOURGMESTRE. – Et quoi encore ?... Bien sûr qu'elle est heureuse. Et vous ?

CHARLEMAGNE. – Je suis en plein désespoir, monsieur le président...

LE BOURGMESTRE. – Quelle ingratitude ! J'ai tué le dragon...

CHARLEMAGNE. – Pardonnez-moi, monsieur le président, mais je ne peux pas croire cela.

LE BOURGMESTRE. – Vous le pouvez !

CHARLEMAGNE. – Parole d'honneur, je ne peux pas.

LE BOURGMESTRE. – Vous le pouvez, vous le pouvez ! Si même moi j'y crois, vous aussi à plus forte raison.

CHARLEMAGNE. – Non.

HENRI. – Il ne veut tout simplement pas.

LE BOURGMESTRE. – Mais pourquoi ?

HENRI. – Il fait monter les prix.

LE BOURGMESTRE. – Soit. Je vous offre le poste de mon premier adjoint.

CHARLEMAGNE. – Je ne veux pas.

LE BOURGMESTRE. – Balivernes[1] ! Bien sûr que si.

CHARLEMAGNE. – Non.

LE BOURGMESTRE. – Ne marchandez pas, nous sommes pressés. Appartement de fonction près du parc, pas loin du marché, à cent cinquante-trois pièces, et avec ça, toutes les fenêtres

---

1. **Balivernes** : sottises.

Le Dragon

donnent plein sud. Salaire fantastique. Et en plus, chaque fois que vous allez au bureau, on vous paie des frais de déplacement, et quand vous rentrez chez vous, allocation de congé. Vous êtes invités quelque part ? On vous donne des indemnités de mission. Vous restez chez vous ? On vous paie des indemnités de logement. Vous serez presque aussi riche que moi. C'est tout. Vous êtes d'accord●.

CHARLEMAGNE. – Non.

LE BOURGMESTRE. – Alors qu'est-ce que vous voulez ?

CHARLEMAGNE. – Nous ne voulons qu'une chose : laissez-nous, monsieur le président.

LE BOURGMESTRE. – Ça, c'est la meilleure ! *Laissez-nous !* Et si j'ai envie ? D'ailleurs, du point de vue du gouvernement, c'est très sérieux. Le vainqueur du dragon épouse la jeune fille qu'il a sauvée. C'est si convaincant. Comment refusez-vous de le comprendre ?

CHARLEMAGNE. – Pourquoi nous tourmentez-vous ? J'ai appris à penser, monsieur le président, ce qui est déjà douloureux en soi, et maintenant, en plus, ce mariage. Il y a de quoi perdre la raison.

LE BOURGMESTRE. – Impossible, impossible ! Toutes ces maladies psychiques sont des bêtises. Des inventions.

CHARLEMAGNE. – Ah ! mon Dieu ! Comme nous sommes impuissants ! C'est si effrayant, que notre ville soit aussi entièrement calme et docile qu'avant.

LE BOURGMESTRE. – Qu'est-ce que c'est que ce délire ? Pourquoi c'est effrayant ? Qu'est-ce qui vous prend, vous avez décidé de vous mutiner, vous et votre fille ?

● Des privilèges alléchants étaient accordés en URSS aux personnalités qui acceptaient de se plier aux exigences du régime.

Acte III

CHARLEMAGNE. – Non. Nous nous sommes promenés ensemble aujourd'hui dans la forêt, et nous avons si bien discuté, et tellement en détail, à propos de tout. Demain, dès que sa vie s'arrêtera, je mourrai aussi.

LE BOURGMESTRE. – Comment ça, *s'arrêtera* ? Qu'est-ce que c'est que ces balivernes !

CHARLEMAGNE. – Pouvez-vous penser qu'elle survive au mariage ?

LE BOURGMESTRE. – Bien sûr. Ce sera une fête glorieuse, joyeuse. N'importe quel autre se réjouirait de marier sa fille à un riche.

HENRI. – Et lui aussi, il se réjouit.

CHARLEMAGNE. – Non. Je suis un homme assez âgé, poli, il m'est difficile de vous dire cela droit dans les yeux. Mais je vais tout de même le dire. Ce mariage, c'est un grand malheur pour nous.

HENRI. – Quelle pénible façon de marchander.

LE BOURGMESTRE. – Écoutez, mon cher ! Vous n'aurez pas plus que ce qu'on vous propose ! Vous voulez probablement des actions dans nos entreprises ? Ça ne marche pas ! Ce que le dragon s'est insolemment approprié est désormais dans les mains des meilleurs hommes de la ville. Pour parler plus simplement, dans les miennes et, en partie, dans celles d'Henri. C'est totalement légal. De cet argent, je ne donnerai pas le moindre sou.

CHARLEMAGNE. – Permettez-moi de me retirer, monsieur le président.

LE BOURGMESTRE. – Vous pouvez. Seulement, retenez bien ceci. Primo : pendant le mariage, veuillez être joyeux, heureux de vivre, et spirituel. Secundo : que personne ne meure ! Donnez-vous la peine de vivre autant qu'il me plaira. Transmettez ça à votre fille. Tertio : appelez-moi dorénavant « votre excellence ». Vous voyez cette liste ? Il y a là cinquante noms. Tous vos meilleurs amis. Si vous vous mutinez, les cinquante otages

Le Dragon

disparaîtront sans laisser de traces●. Allez-vous-en. Attendez. On va envoyer une voiture pour vous chercher. Vous amènerez votre fille… Et pas de vagues ! Compris ? Allez-y !

Charlemagne sort.

Bon, tout marche comme sur des roulettes.

HENRI. – Comment était le rapport du geôlier ?

LE BOURGMESTRE. – Pas le moindre nuage dans le ciel.

HENRI. – Et la lettre « L » ?

LE BOURGMESTRE. – Peuh ! Et combien ils en écrivaient sur les murs, à l'époque du dragon ? Qu'ils écrivent. Au moins, ça les calme, et c'est sans aucun dommage pour nous. Regarde un peu, il est libre, ce fauteuil ?

HENRI. – Ah ! papa ! (*Il tâtonne dans le fauteuil.*) Il n'y a personne. Assieds-toi.

LE BOURGMESTRE. – Je t'en prie, ne souris pas. Avec son bonnet d'invisibilité, il peut pénétrer partout.

HENRI. – Papa, tu ne connais pas cet homme. Il est bourré de préjugés jusqu'à la moelle. Avant d'entrer dans la maison, il enlèvera son bonnet, et la garde s'emparera de lui.

LE BOURGMESTRE. – En un an, son caractère a pu se dégrader. (*Il s'assied.*) Allons, mon petit fiston, allons, mon mignonnet, maintenant parlons de nos petites affaires. Tu as une petite dette, mon soleillon !

HENRI. – Laquelle, papounet ?

LE BOURGMESTRE. – Tu as soudoyé[1] trois de mes laquais pour qu'ils me suivent, pour qu'ils lisent mes papiers, et ainsi de suite. Pas vrai ?

---

1. **Tu as soudoyé** : tu as corrompu.

● Schwartz lui-même perdit en 1937 de nombreux amis et collaborateurs des éditions pour Enfants.

Acte III

HENRI. – Quelle idée, papounet !

LE BOURGMESTRE. – Attends un peu, fiston, ne m'interromps pas. Je les ai augmentés de cinq cents thalers[1] sur mes propres fonds, pour qu'ils te transmettent uniquement ce que je leur permets. Par conséquent, tu me dois cinq cents thalers, pitchoun.

HENRI. – Non, papa. Quand je l'ai su, je les ai augmentés de six cents.

LE BOURGMESTRE. – Et moi, quand je l'ai deviné, de mille, mon lapin ! Par conséquent, le solde obtenu est à mon avantage. Et ne les augmente plus, mon chéri. Ces appointements[2] les ont engraissés, corrompus, ensauvagés. Et fais gaffe, ou ils s'en prendront à nos gens. Poursuivons. Il sera indispensable de démêler ce qui se passe avec mon secrétaire personnel. Il a fallu envoyer le pauvre diable dans une clinique psychiatrique.

HENRI. – Est-ce possible ? Pourquoi ?

LE BOURGMESTRE. – Forcément, il se faisait acheter et soudoyer par toi et moi tant de fois par jour, qu'il n'arrive plus du tout à comprendre maintenant qui il sert. Il me fait des rapports sur moi-même, il intrigue contre lui-même pour s'emparer de sa propre place. Un gars honnête, consciencieux, ça fait pitié de le voir se tourmenter. Allons le voir demain à la clinique et fixons celui pour qui il travaille, pour finir. Ah ! mon petit fiston ! Ah ! mon brave petit ! On voulait prendre la place de son papa.

HENRI. – Qu'est-ce que tu vas croire, papa !

LE BOURGMESTRE. – Ce n'est rien, mon pitchounet ! Ce n'est rien. Une affaire courante. Tu sais ce que j'ai l'intention de te

---

1. **Thalers** : monnaie utilisée dans les pays germaniques du XVIe au XIXe siècle.
2. **Appointements** : rémunération d'un employé.

Le Dragon

proposer ? Surveillons-nous ouvertement, entre père et fils, sans aucun intermédiaire. Nous ferons tant d'économies !

HENRI. – Ah ! papa, qu'est-ce que c'est que l'argent !

LE BOURGMESTRE. – En effet. On meurt, et on n'emporte rien avec soi...

Bruit de sabots et sonnerie de cloches.

(*Il s'élance vers la fenêtre.*) Elle est arrivée ! Notre beauté est arrivée. Quel carrosse ! Une merveille ! Il est orné d'écailles de dragon ! Et Elsa elle-même ! Merveille d'entre les merveilles ! Toute entière vêtue de velours. Non, décidément, le pouvoir, c'est quelque chose... (*À voix basse.*) Interroge-la !

HENRI. – Qui ?

LE BOURGMESTRE. – Elsa. Elle est si muette, ces derniers temps. Ne sait-elle pas où est ce... (*Il jette un œil autour de lui.*) Lancelot. Interroge-la prudemment. Moi, j'écouterai ici, derrière la tenture[1]. (*Il se cache.*)

Entrent Elsa et Charlemagne.

HENRI. – Elsa, je te salue. Tu embellis jour après jour : c'est fort gentil de ta part. Le président est en train de se changer. Il m'a demandé de présenter ses excuses. Assieds-toi dans ce fauteuil, Elsa. (*Il la fait asseoir dos à la tenture derrière laquelle se cache le bourgmestre.*) Vous, Charlemagne, attendez à l'entrée.

Charlemagne sort en faisant un salut.

Elsa, je suis content que le président soit occupé à enfiler sa tenue d'apparat[2]. Ça fait longtemps que je désire te parler en tête-à-tête, en ami, à cœur ouvert. Pourquoi es-tu toujours silencieuse, hein ? Tu ne veux pas répondre ? Pourtant, à ma manière, j'ai de l'affection pour toi. Parle-moi un peu.

---

1. **Tenture** : pièce de tissu ornant un mur ou une fenêtre.
2. **Tenue d'apparat** : costume de cérémonie.

Acte III

200 ELSA. – De quoi ?

HENRI. – De ce que tu veux.

ELSA. – Je ne sais pas… Je ne veux rien.

HENRI. – Ce n'est pas possible. C'est aujourd'hui ton mariage… Ah ! Elsa… Je suis encore une fois obligé de te céder. Mais le 205 vainqueur du dragon est le vainqueur. Je suis un cynique[1], un persifleur[2], mais devant lui, je m'incline aussi. Tu ne m'écoutes pas ?

ELSA. – Non.

HENRI. – Ah ! Elsa… Se peut-il que je sois devenu complètement 210 étranger pour toi ? Et pourtant nous étions tellement amis, dans notre enfance. Tu te souviens, quand tu avais la rougeole, et moi, je courais à ta fenêtre, tant que je n'étais pas malade moi-même. Tu me rendais visite et tu pleurais de me voir si calme et si doux. Te souviens ?

215 ELSA. – Oui.

HENRI. – Est-il possible que des enfants qui étaient si amis aient soudain péri ? Se peut-il que rien d'eux ne soit resté en toi ni en moi ? Allons, parlons un peu, comme autrefois, comme un frère et une sœur.

220 ELSA. – Bon, alors parlons un peu.

Le bourgmestre regarde de derrière la tenture et applaudit sans bruit Henri.

Tu veux savoir pourquoi je me tais tout le temps ?

Le bourgmestre hoche la tête.

225 Parce que j'ai peur.

HENRI. – De qui ?

ELSA. – Des gens.

---

1. **Cynique** : qui méprise effrontément la morale.
2. **Persifleur** : moqueur, ironique.

Le Dragon

HENRI. – Ah ! bon. Indique-moi exactement desquels tu as peur. Nous les mettrons au cachot, et tu iras tout de suite mieux.

Le bourgmestre sort un carnet.

Alors, dis-moi les noms.

ELSA. – Non, Henri, cela n'aidera pas.

HENRI. – Si, je t'assure. J'en ai déjà fait l'expérience ! Et le sommeil s'en trouve meilleur, et l'appétit aussi, et la santé.

ELSA – Vois-tu... Je ne sais pas comment t'expliquer... J'ai peur de tout le monde.

HENRI. – Ah ! c'est donc ça... Je comprends. Je comprends très bien. Tout le monde, y compris moi, te paraît cruel. Pas vrai ? Tu ne me croiras peut-être pas, mais... mais moi-même j'ai peur d'eux. J'ai peur de mon père.

Le bourgmestre, perplexe, fait un mouvement d'épaules.

J'ai peur de nos serviteurs fidèles. Je fais semblant d'être cruel pour qu'ils me craignent. Ah ! nous sommes tous empêtrés dans notre propre toile d'araignée. Parle, parle encore, j'écoute.

Le bourgmestre, d'un air entendu, hoche la tête.

ELSA. – Mais que puis-je donc te dire encore... Au début, j'étais en colère, puis triste, et puis tout m'est devenu indifférent. Maintenant, je suis soumise comme jamais je ne l'ai été. On peut me faire tout ce qu'on veut.

Le bourgmestre ricane tout haut. Effrayé, il se cache derrière la tenture. Elsa se retourne.

Qui est-ce ?

HENRI. – Ne fais pas attention. On se prépare, là-bas, pour le festin nuptial[1]. Ma pauvre, chère sœurette. Quel dommage que Lancelot ait disparu, totalement disparu. Je viens seulement de comprendre

---

1. **Festin nuptial** : repas de mariage.

Acte III

cela. C'est un homme étonnant. Nous sommes tous coupables envers lui. N'y a-t-il vraiment aucun espoir qu'il revienne ?
Le bourgmestre est ressorti de derrière la tenture. Il est tout ouïe.
ELSA. – Il... Il ne reviendra pas.
HENRI. – Il ne faut pas penser comme ça. Il me semble, sans savoir pourquoi, que nous le reverrons.
ELSA. – Non.
HENRI. – Crois-moi !
ELSA. – Ça me fait plaisir, quand tu dis ça, mais... Personne ne nous entend ?
Le bourgmestre s'accroupit derrière le dossier du fauteuil.
HENRI. – Bien sûr que non, personne, ma chère. Aujourd'hui, c'est jour de fête. Tous les espions se reposent.
ELSA. – Vois-tu... Je sais ce qu'il en est, pour Lancelot.
HENRI. – Il ne faut pas, ne dis rien, si cela te fait souffrir.
Le bourgmestre le menace de son poing.
ELSA. – Non, je me suis tue pendant si longtemps que maintenant, je veux tout te raconter. Il me semblait qu'à part moi, personne ne comprendrait à quel point c'est triste ; c'est comme ça, dans la ville où je suis née. Mais tu m'écoutes avec tant d'attention, aujourd'hui... Bref... Il y a exactement un an, quand le combat touchait à sa fin, le chat est accouru sur la place du palais. Et il a vu : pâle, pâle comme la mort, Lancelot debout près des têtes sans vie du dragon. Il s'appuyait sur son épée et souriait pour ne pas chagriner le chat. Le chat s'est précipité chez moi pour m'appeler à la rescousse. Mais la garde mettait tant de zèle[1] à veiller sur moi que même une mouche ne pouvait pas passer dans la maison. Ils ont chassé le chat.

---

1. **Zèle** : application, empressement.

Le Dragon

HENRI. – Brutes de soldats !

ELSA. – Alors il a appelé son ami l'âne. Après avoir couché le blessé sur son dos, il a emmené l'âne, en empruntant des ruelles perdues, hors de notre ville.

HENRI. – Mais pourquoi ?

ELSA. – Ah ! Lancelot était si faible que les gens auraient pu le tuer. Les voilà donc partis sur le sentier vers les montagnes. Le chat était assis à côté du blessé et écoutait si son cœur battait.

HENRI. – Et il battait, j'espère ?

ELSA. – Oui, mais cependant de plus en plus sourdement. Alors le chat s'est écrié : « Arrête ! » Et l'âne s'est arrêté. La nuit était déjà tombée. Ils avaient grimpé très haut, très haut dans les montagnes, et autour d'eux, c'était tellement silencieux, tellement froid. « Rentre à la maison ! a dit le chat. Maintenant, les gens ne l'offenseront plus. Qu'Elsa lui fasse ses derniers adieux, et ensuite nous l'enterrerons. »

HENRI. – Il est mort, le pauvre !

ELSA. – Il est mort, Henri. Cet entêté de petit âne a dit : « Pas d'accord pour rentrer. » Et il a continué. Mais le chat est revenu, car il est très attaché à sa maison. Il est revenu, m'a tout raconté, et maintenant je n'attends plus personne. Tout est fini.

LE BOURGMESTRE. – Hourra ! Tout est fini ! (*Il danse, parcourt toute la pièce.*) Tout est fini. Je suis le maître absolu sur le monde entier ! Maintenant, il n'y a plus personne à craindre. Merci, Elsa ! Ça, c'est une fête ! Qui osera dire, maintenant, que ce n'est pas moi qui ai tué le dragon ? Hein, qui ?

ELSA. – Il écoutait ?

HENRI. – Bien sûr.

ELSA. – Et tu le savais ?

Acte III

HENRI. – Ah ! Elsa, ne fais pas la fillette naïve. Aujourd'hui, tu te maries, que diable !

ELSA. – Papa ! Papa !

Charlemagne entre en courant.

CHARLEMAGNE. – Qu'est-ce que tu as, ma petite ? (*Il va pour l'embrasser.*)

LE BOURGMESTRE. – Le petit doigt sur la couture du pantalon[1] ! Restez au garde-à-vous devant ma fiancée.

CHARLEMAGNE. – (*Au garde-à-vous.*) Il ne faut pas, calme-toi. Ne pleure pas. Qu'est-ce qu'on peut faire ? Il n'y a plus rien à faire. Qu'est-ce qu'on peut faire ?

Une musique retentit.

LE BOURGMESTRE. – (*Il s'approche de la fenêtre.*) Comme c'est bon ! Comme c'est agréable ! Les invités sont arrivés pour le mariage. Les chevaux enrubannés ! Les lampions sur l'attelage ! Comme c'est merveilleux, de vivre sur terre et de savoir qu'aucun imbécile ne peut empêcher cela. Souris donc, Elsa. À la seconde près, au terme fixé, le président de notre ville franche va en personne te serrer dans ses bras.

Les portes s'ouvrent toutes grandes.

Bienvenue, bienvenue, chers invités.

Entrent les invités. Ils passent deux par deux devant Elsa et le bourgmestre. Ils parlent cérémonieusement, en chuchotant presque.

LE PREMIER BOURGEOIS. – Nous félicitons les futurs époux. Tout le monde se réjouit.

LE DEUXIÈME BOURGEOIS. – Les maisons sont décorées de lampions.

---

1. **Le petit doigt sur la couture du pantalon** : dans la position immobile du garde-à-vous.

Le Dragon

LE PREMIER BOURGEOIS. – Dehors, il fait aussi clair qu'en plein jour !

LE DEUXIÈME BOURGEOIS. – Toutes les caves à vins sont remplies de monde.

LE PETIT GARÇON. – Tout le monde se tape dessus et se dispute.

LES INVITÉS. – Chut !

LE JARDINIER. – Permettez-moi de vous offrir des clochettes. En fait, elles sonnent un peu tristement, mais ce n'est rien. Le matin, elles se faneront et se calmeront.

LA PREMIÈRE AMIE D'ELSA. – Elsa, ma chérie, tâche d'être heureuse. Sinon, je vais pleurer et abîmer mes cils, que j'ai si bien réussis aujourd'hui.

LA DEUXIÈME AMIE D'ELSA. – En tout cas, il est tout de même mieux que le dragon... Il a des bras, des jambes, mais pas d'écailles. Quand même, il a beau être président, c'est tout de même un homme. Demain, tu nous raconteras tout. Ce sera si intéressant !

LA TROISIÈME AMIE D'ELSA. – Tu pourras faire tant de bien aux gens ! Tiens, par exemple, tu pourras demander à ton fiancé de mettre à la porte le chef de mon papa. Alors papa prendra sa place, il touchera le double de son salaire, et nous serons si heureux.

LE BOURGMESTRE. – (*Il compte à mi-voix les invités.*) Un, deux, trois, quatre. (*Puis les couverts.*) Un, deux, trois... Voilà... Il y a un invité en trop, on dirait... Ah ! forcément, c'est le petit garçon... Allons, allons, ne chiale pas. Tu mangeras dans la même assiette que ta maman. Tout le monde est au complet. Messieurs dames, veuillez passer à table. Nous allons accomplir rapidement et simplement les rites du mariage, et ensuite nous attaquerons le festin nuptial. Je me suis procuré un poisson

Acte III

qui est fait pour être mangé. Il rit de plaisir quand on le cuit, et il dit lui-même au cuisinier quand il est prêt. Et voici une dinde farcie de ses propres dindonneaux. C'est si intime, si familial. Mais voici des porcelets qui ont été non seulement engraissés mais spécialement dressés pour notre table. Ils savent faire le beau et donner la patte, bien qu'ils soient déjà rôtis●. Pas la peine de glapir, mon garçon, ce n'est absolument pas effrayant, au contraire c'est marrant, non ? Et voici des vins si vieux qu'ils sont retombés en enfance et qu'ils gambadent comme des petits dans leur bouteille. Mais voici une eau-de-vie qu'on a purifiée jusqu'à ce que la carafe paraisse vide. Permettez, mais oui, elle est effectivement vide. Ce sont ces coquins de laquais qui l'ont purgée. Mais ce n'est rien, il y a encore dans le buffet beaucoup d'autres carafes. Comme c'est agréable d'être riche, messieurs dames ! Tout le monde est assis ? Parfait. Attendez, attendez, il ne faut pas manger. Nous allons nous marier. Une minute ! Elsa ! Donne la patte !

Elsa tend la main au bourgmestre.

Coquine. Polissonne. Comme ta main est chaude ! Plus haut, le museau ! Souris ! Tout est prêt, Henri ?

HENRI. – Tout à fait, monsieur le président.

LE BOURGMESTRE. – Fais.

HENRI. – Je suis un piètre orateur[1], mesdames et messieurs, et j'ai bien peur de parler de façon un peu confuse. Il y a un an, un aventurier prétentieux a défié ce maudit dragon. Une commission spéciale réunie par le conseil municipal a

---

1. **Je suis un piètre orateur** : je fais de mauvais discours.

● Le merveilleux devient terrifiant : les aliments, personnifiés, sont dociles et obéissants malgré le sort qui leur est réservé. Ce comportement est le même que celui des bourgeois.

Le Dragon

établi ceci : l'insolent défunt n'a fait qu'énerver le monstre défunt en le blessant sans gravité. Alors, notre ancien bourgmestre, actuellement président de notre ville franche, se jeta héroïquement sur le dragon et le tua, définitivement, accomplissant moult merveilles de bravoure.

Applaudissements.

Le chardon de l'ignoble esclavage a été, jusqu'à la racine, arraché au terreau de notre société●.

Applaudissements.

La ville reconnaissante a décrété ceci : si nous avons livré à ce maudit dragon les meilleures de nos jeunes filles, comment pouvons-nous refuser ce droit simple et naturel à notre cher libérateur !

Applaudissements.

Donc, pour souligner d'une part la grandeur du président, et d'autre part l'obéissance et le dévouement de la ville, je vais accomplir en tant que bourgmestre les rites du mariage. Orgue, l'hymne nuptial !

L'orgue retentit.

Notaires ! Ouvrez le livre des événements heureux.

Entrent les notaires, portant dans leurs mains d'immenses stylos plumes.

Quatre cents ans durant, on a inscrit dans ce livre les noms des pauvres jeunes filles vouées au dragon. Quatre cents pages remplies. Et pour la première fois, à la page quatre cent une, nous allons inscrire le nom de la bienheureuse que prendra pour femme le brave qui détruisit le monstre.

Applaudissements.

● Reprise presque textuelle des métaphores utilisées pour les slogans révolutionnaires.

Acte III

Toi, le fiancé, réponds-moi en toute conscience. Acceptes-tu de prendre pour épouse cette demoiselle ?

LE BOURGMESTRE. – Pour le bien de ma ville natale, je suis capable de tout.

Applaudissements.

HENRI. – Inscrivez, notaires ! Appliquez-vous mieux ! Celui qui fait une tache, je lui ferai lécher avec la langue ! Voilà ! C'est fini. Ah ! autant pour moi ! Il reste encore une futile formalité. Toi, la fiancée, tu acceptes, évidemment, de devenir l'épouse de monsieur le président de notre ville franche ?

Silence.

Allons, réponds donc, jeune fille, acceptes-tu…

ELSA. – Non.

HENRI. – Voilà qui est bien. Écrivez, notaires : elle accepte.

ELSA. – Je vous défends d'écrire !

Les notaires reculent.

HENRI. – Elsa, n'entrave pas notre travail.

LE BOURGMESTRE. – Mais mon cher, elle ne l'entrave absolument pas. Si une jeune fille dit « non », cela signifie « oui ». Écrivez, notaires.

ELSA. – Non ! Je vais arracher cette page du livre et la piétiner.

LE BOURGMESTRE. – Charmante indécision des jeunes filles, larmes, rêves, et tout le tralala. Chaque jeune fille pleure à sa façon avant son mariage, et ensuite elle est tout à fait satisfaite. Nous allons lui tenir la patte et faire tout ce qu'il faut. Notaires…

ELSA. – Laissez-moi dire au moins un mot ! S'il vous plaît !

HENRI. – Elsa !

LE BOURGMESTRE. – Ne crie pas, fiston. Tout se déroule comme prévu. La future mariée demande la parole. Donnons-lui

Le Dragon

la parole et après, finissons-en avec la partie officielle. Ce n'est rien, ce n'est rien, laissons : tous ces gens sont des nôtres.

ELSA. – Amis, mes amis ! À quoi bon m'assassiner ? C'est aussi effrayant que dans un rêve. Quand un brigand lève son couteau sur nous, il reste encore une chance de salut. Quelqu'un tue le brigand, ou bien on s'échappe. Mais si le couteau du brigand se jette soudain de lui-même sur nous ? Et si sa corde glisse lentement vers nous comme un serpent, pour nous lier les pieds et les mains ? Et si même le rideau, de sa fenêtre, le petit rideau silencieux se jette aussi tout à coup sur nous pour nous bâillonner ? Qu'est-ce que vous direz tous alors ? Je pensais que vous obéissiez tous uniquement au dragon, comme le couteau obéit au brigand. Mais vous êtes, vous aussi, mes amis, visiblement, des brigands ! Je ne vous accuse pas, vous ne vous en rendez pas compte vous-mêmes, mais je vous en supplie : reprenez-vous ! Est-il possible que le dragon ne soit pas mort, mais, comme ça lui arrivait souvent, qu'il ait pris la forme d'un homme ? Alors il s'est transformé, cette fois, en une foule de gens, et voilà qu'ils m'assassinent. Ne m'assassinez pas ! Revenez à vous ! Mon Dieu, quelle angoisse… Déchirez la toile d'araignée dans laquelle vous vous êtes empêtrés. Se peut-il que personne n'intervienne pour moi● ?

LE PETIT GARÇON. – J'interviendrais bien, mais maman me retient par la main.

> ● C'est un véritable appel à la conscience, adressé à la foule des invités et aux spectateurs (double énonciation*) : ceux qui se taisent deviennent les complices d'un pouvoir assassin.

Acte III

LE BOURGMESTRE. – Voilà, c'est fini. La future mariée a terminé son discours. La vie continue comme avant, comme si de rien n'était.

LE PETIT GARÇON. – Maman !

LE BOURGMESTRE. – Tais-toi, mon petit. On va s'amuser comme si de rien n'était. Assez avec cette paperasserie, Henri. Écrivez : « Le mariage est conclu »... et allons manger. J'ai une faim de loup.

HENRI. – Écrivez, notaires : le mariage est conclu. Allez, pressez-vous ! On rêvasse ?

Les notaires prennent leur plume. On frappe bruyamment à la porte. Les notaires reculent.

LE BOURGMESTRE. – Qui est là ?

Silence.

Eh ! vous, là-bas ! Qui que vous soyez, demain, demain, aux heures de réception, par mon secrétaire. Je n'ai pas le temps ! Je suis en train de me marier !

On frappe à nouveau.

On n'ouvre pas les portes ! Écrivez, notaires !

La porte s'ouvre d'elle-même toute grande. Derrière la porte : personne.

Henri, viens ici ! Qu'est-ce que ça signifie ?

HENRI. – Ah ! papa, toujours la même histoire. Les innocentes plaintes de notre demoiselle ont alarmé tous les habitants naïfs des rivières, des bois, des lacs. Le génie du foyer a surgi du grenier, le génie des eaux est sorti du puits... Va, laisse donc... Qu'est-ce qu'ils peuvent nous faire. Ils sont aussi invisibles et impuissants que la prétendue conscience, et les choses de ce genre. Quoi, on voit en rêve deux ou trois visions horribles, et voilà tout.

Le Dragon

LE BOURGMESTRE. – Non, c'est lui !

HENRI. – Qui ?

LE BOURGMESTRE. – Lancelot. Il est dans son bonnet d'invisibilité. Il est là, tout près. Il écoute ce que nous disons. Et son épée est suspendue au-dessus de ma tête.

HENRI. – Mon petit pépère ! Si vous ne vous reprenez pas, je vais prendre les rênes du pouvoir.

LE BOURGMESTRE. – Musique ! Joue ! Chers invités ! Pardonnez cette interruption indépendante de notre volonté, mais j'ai si peur des courants d'air. Un courant d'air a ouvert les portes, et voilà tout. Elsa, calme-toi, ma puce ! Je déclare le mariage conclu, avec ratification ultérieure. Qu'est-ce que c'est ? Qui court là ?

Un laquais épouvanté entre en courant.

LE LAQUAIS. – Reprenez-le ! Reprenez-le !

LE BOURGMESTRE. – Reprendre quoi ?

LE LAQUAIS. – Reprenez votre maudit argent ! Je ne sers plus chez vous !

LE BOURGMESTRE. – Pourquoi ?

LE LAQUAIS. – Il me tuera pour toutes mes bassesses. (*Il sort en courant.*)

LE BOURGMESTRE. – Qui le tuera ? Hein, Henri ?

Un deuxième laquais entre en courant.

LE DEUXIÈME LAQUAIS. – Il marche déjà dans le couloir ! Je l'ai salué très bas, mais il ne m'a pas répondu ! Maintenant, il ne regarde plus les gens. Aïe ! on va payer pour tout ! Aïe ! on va payer ! (*Il sort en courant.*)

LE BOURGMESTRE. – Henri !

● Lancelot se rapproche ici des impitoyables chevaliers errants qui rétablissent la justice dans *La Légende des siècles* de Victor Hugo.

Acte III

HENRI. – Comportez-vous comme si de rien n'était. Quoi qu'il arrive. Cela nous sauvera.

Apparaît un troisième laquais, marchant à reculons. Il crie dans le vide.

LE TROISIÈME LAQUAIS. – Je vais me justifier ! Ma femme peut en témoigner ! Je l'ai toujours désapprouvée, leur conduite ! Je prenais leur argent uniquement pour des raisons nerveuses. Je vais vous rapporter un certificat. (*Il disparaît.*)

LE BOURGMESTRE. – Regarde !

HENRI. – Comme si de rien n'était ! De grâce, comme si de rien n'était !

Entre Lancelot.

LE BOURGMESTRE. – Ah ! bonjour, voici celui qu'on n'attendait pas. Néanmoins, bienvenue. Il manque un couvert... mais ce n'est rien. Vous mangerez dans une assiette creuse, et moi dans une plate. J'aurais bien demandé de vous en apporter, mais les laquais, ces petits imbéciles, ont fichu le camp... Et nous sommes en train de nous marier, comme qui dirait, eh ! eh ! eh ! une affaire qui nous est, comme qui dirait, personnelle, intime. C'est si agréable... Laissez-moi vous présenter, je vous en prie. Où sont donc les invités ? Ah ! ils ont laissé tomber quelque chose et ils le cherchent sous la table. Voici mon fils, Henri. Vous vous êtes déjà rencontrés, il me semble. Il est si jeune, mais il est déjà bourgmestre. Il a obtenu une grande promotion après que je... après que nous... Bon, bref, après que le dragon a été tué. Qu'avez-vous donc ? Entrez, je vous en prie.

HENRI. – Pourquoi vous taisez-vous ?

LE BOURGMESTRE. – En effet, qu'avez-vous donc ? Vous avez fait bonne route ? Quelles nouvelles ? Vous ne voulez pas vous reposer de votre voyage ? La garde va vous accompagner.

Le Dragon

LANCELOT. – Bonjour, Elsa !

ELSA. – Lancelot ! (*Elle s'élance vers lui.*) Assieds-toi, je t'en prie, assieds-toi. C'est vraiment toi ?

LANCELOT. – Oui, Elsa.

ELSA. – Tu as les mains chaudes. Et tes cheveux ont un peu poussé, depuis la dernière fois. Ou est-ce une impression ? Mais ton manteau est absolument le même. Lancelot ! (*Elle le fait asseoir à la petite table qui se trouve au centre.*) Bois du vin. Ou bien non, ne prends rien chez eux. Repose-toi et nous partirons. Papa ! Oh ! il est venu, papa ! Exactement comme le premier soir. Justement quand nous repensions, toi et moi, qu'il ne nous restait qu'une chose à faire : mourir tout doucement. Lancelot !

LANCELOT. – Donc tu m'aimes comme avant ?

ELSA. – Papa, tu entends ? Nous avons rêvé si souvent qu'il entrerait et qu'il demanderait : *Elsa, tu m'aimes comme avant ?* Et que je répondrais : *Oui, Lancelot !* Et qu'ensuite, je demanderais : *Où étais-tu si longtemps ?*

LANCELOT. – Loin, loin dans les Montagnes Noires.

ELSA. – Tu as beaucoup souffert ?

LANCELOT. – Oui, Elsa ; car être mortellement blessé, c'est vraiment dangereux.

ELSA. – Qui t'a soigné ?

LANCELOT. – La femme d'un bûcheron. Une femme bonne, gentille. Seulement elle était vexée, parce que dans mon délire je l'appelais sans arrêt « Elsa ».

ELSA. – Donc tu t'ennuyais de moi ?

LANCELOT. – Oui.

ELSA. – Et comme je me consumais ! Ici, on me mettait au supplice.

Acte III

LE BOURGMESTRE. – Qui ? Ce n'est pas possible ! Pourquoi ne pas avoir déposé de plainte auprès de nous ! Nous aurions pris des mesures.

LANCELOT. – Je sais tout, Elsa.

ELSA. – Tu sais ?

LANCELOT. – Oui.

ELSA. – Par qui ?

LANCELOT. – Dans les Montagnes Noires, près de la cabane du bûcheron, il y a une immense caverne. Et dans cette caverne se trouve un livre, le livre des plaintes, rempli presque jusqu'à la fin. Personne n'y touche, mais les pages s'ajoutent aux pages précédemment remplies, elles s'ajoutent chaque jour. Qui écrit ? Le monde ! Y sont inscrits, oui, inscrits, tous les crimes des criminels, tous les malheurs de ceux qui souffrent en vain.

Henri et le bourgmestre se dirigent sur la pointe des pieds vers la porte.

ELSA. – Et tu y as lu des choses sur nous ?

LANCELOT. – Oui, Elsa. Eh ! vous, là-bas ! Assassins ! On ne bouge pas !

LE BOURGMESTRE. – Pourquoi donc un ton si cassant ?

LANCELOT. – Parce que je ne suis pas celui d'il y a un an. Je vous ai libéré, et vous, qu'est-ce que vous avez fait ?

LE BOURGMESTRE. – Ah ! mon Dieu ! Si on n'est pas content de moi, je me retire des affaires[1].

LANCELOT. – Vous ne vous retirez nulle part !

HENRI. – Tout juste. Il s'est si mal conduit ici sans vous... cela dépasse l'entendement. Je peux vous fournir la liste complète

---

1. **Je me retire des affaires** : je démissionne.

Le Dragon

de ses crimes qui n'ont pas encore atteint le livre des plaintes, mais qui sont seulement à l'état d'ébauche.

LANCELOT. – Tais-toi !

HENRI. – Mais permettez ! Si on fait un examen approfondi, je ne suis personnellement coupable de rien. C'était mon éducation.

LANCELOT. – C'était l'éducation de tout le monde. Mais pourquoi tu étais le premier élève, espèce de brute ?

HENRI. – On s'en va, papa. Il nous insulte.

LANCELOT. – Non, tu ne t'en vas pas. Ça fait déjà un mois que je suis revenu, Elsa.

ELSA. – Sans passer me voir !

LANCELOT. – Je suis passé, mais dans mon bonnet d'invisibilité, tôt le matin. Je t'ai embrassée doucement, pour éviter de te réveiller. Et je suis allé errer dans la ville. C'est une vie effrayante, que j'ai vue. Lire, c'était pénible, mais le voir de mes propres yeux, c'est encore pire. Eh ! vous, Miller !

Le premier bourgeois se relève de dessous la table.

Je vous ai vu pleurer d'enthousiasme, quand vous criiez au bourgmestre : « Gloire à toi, vainqueur du dragon ! »

LE PREMIER BOURGEOIS. – C'est vrai. Je pleurais. Mais je ne faisais pas semblant, monsieur Lancelot.

LANCELOT – Mais vous saviez bien que ce n'était pas lui qui avait tué le dragon.

LE PREMIER BOURGEOIS. – À la maison, on savait... Mais au défilé... (*Il hausse les épaules.*)

LANCELOT. – Jardinier !

Le jardinier se relève de dessous la table.

C'est vous qui appreniez à la gueule-de-loup[1] à crier : « Hourra, pour le président ! » ?

---

1. **Gueule-de-loup** : plante à fleurs allongées en forme de bouche.

Acte III

LE JARDINIER. – Oui.

LANCELOT. – Et vous avez réussi ?

LE JARDINIER. – Oui. Seulement, chaque fois qu'elle criait, la gueule-de-loup me tirait la langue. Je pensais que j'obtiendrais de l'argent pour de nouvelles expériences... mais...

LANCELOT. – Friedrichsen !

Le deuxième bourgeois sort de dessous la table.

Le bourgmestre, irrité contre vous, a bien jeté votre fils unique dans les souterrains ?

LE DEUXIÈME BOURGEOIS. – Oui. Déjà que mon garçon tousse tout le temps, et en plus dans les souterrains il fait humide !

LANCELOT. – Et après cela, vous avez offert au bourgmestre une pipe avec l'inscription : « Je t'appartiens pour toujours » ?

LE DEUXIÈME BOURGEOIS. – Et de quelle autre manière pouvais-je adoucir son cœur ?

LANCELOT. – Qu'est-ce que je vais faire de vous ?

LE BOURGMESTRE. – Envoyez-les valser. Ce travail n'est pas pour vous. Henri et moi, on les matera parfaitement. Ce sera le meilleur châtiment pour cette engeance[1]. Prenez Elsa par la main et laissez-nous vivre notre vie. Ce sera si humain, si démocratique.

LANCELOT. – Je ne peux pas. Entrez, mes amis !

Entrent les tisserands, le forgeron, le maître bonnetier et chapelier, le facteur d'instruments.

Vous aussi, vous m'avez chagriné. Je pensais que vous en viendriez à bout sans moi. Pourquoi avoir obéi et être allés en prison ? Vous êtes pourtant si nombreux !

---

1. Engeance : mauvaise graine, espèce médiocre.

● Staline fumait la pipe, ce dont témoignent de nombreuses photographies et affiches de propagande.

Le Dragon

LES TISSERANDS. – Ils ne nous ont pas laissés nous reprendre.

LANCELOT. – Emparez-vous de ces gens. Le bourgmestre et le président.

LES TISSERANDS. – (*Ils s'emparent du bourgmestre et du président.*) Allez, on avance !

LE FORGERON. – J'ai vérifié les barreaux. Du solide. On avance !

LE BONNETIER. – Voici vos bonnets de bouffons ! Je faisais de magnifiques chapeaux, mais en prison vous m'avez endurci. On avance !

LE FACTEUR D'INSTRUMENTS. – Dans ma cellule, j'ai modelé un violon dans du pain noir et j'ai tressé des cordes en toile d'araignée. Mon violon joue tristement et très bas, mais c'est votre faute. Allez, au son de notre musique, à l'endroit d'où on ne revient jamais.

HENRI. – Mais c'est absurde, c'est injuste, ça ne se passe pas comme ça. Un vagabond, un mendiant, un homme dépourvu de sens pratique, et tout d'un coup...

LES TISSERANDS. – On avance !

LE BOURGMESTRE. – Je proteste, c'est inhumain !

LES TISSERANDS. – On avance !

Musique sombre, simple, à peine audible. On emmène Henri et le bourgmestre.

LANCELOT. – Elsa, je ne suis plus le même qu'avant. Tu vois ?

ELSA. – Oui. Mais je t'aime encore plus.

LANCELOT. – Nous ne pourrons pas partir...

ELSA. – Ce n'est pas grave. Même chez soi, ça peut être très joyeux.

LANCELOT. – La tâche s'annonce délicate. Pire que de la broderie. En chacun d'eux, il faudra tuer le dragon.

Acte III

LE PETIT GARÇON. – Ça nous fera mal ?

LANCELOT. – À toi, non.

LE PREMIER BOURGEOIS. – Et à nous ?

LANCELOT. – Avec vous, ça prendra du temps.

LE JARDINIER. – Mais soyez patient, monsieur Lancelot. Je vous en supplie : soyez patient. Greffez. Faites des feux de bois : la chaleur aide à grandir. Arrachez soigneusement la mauvaise herbe pour ne pas abîmer les racines saines ; car si on réfléchit bien, au fond, il se pourrait que les gens méritent malgré tout, peut-être, des soins minutieux.

LA PREMIÈRE AMIE. – Mais que le mariage ait lieu tout de même aujourd'hui.

LA DEUXIÈME AMIE. – Parce que la joie aussi améliore les gens.

LANCELOT. – C'est juste ! Allez, musique !

La musique retentit.

Elsa, donne ta main. Je vous aime tous, mes amis. Sinon, pourquoi ai-je entrepris de m'occuper de vous ? Et si j'aime, tout sera charmant : après de longs soucis et souffrances, nous serons heureux, très heureux enfin* !

RIDEAU

> Si la pièce se termine comme un conte de fées, il n'est pourtant pas certain que la ville sauvée par Lancelot puisse échapper au risque totalitaire.

Le Dragon

Lancelot combattant les dragons du Val sans Retour (vers 1470), enluminure extraite de Lancelot du Lac *(Paris, BnF).*

LE DOSSIER

Le Dragon
Une pièce allégorique sur le totalitarisme

REPÈRES
Conte, allégorie, parabole **116**
Le théâtre engagé **119**

PARCOURS DE L'ŒUVRE
Étape 1 : étudier la scène d'exposition. **122**
Étape 2 : repérer l'absurde dans une argumentation **124**
Étape 3 : étudier la parodie d'un discours officiel. **126**
Étape 4 : analyser le monologue du héros. **128**
Étape 5 : comprendre l'implicite dans une scène **130**
Étape 6 : comprendre les enjeux du dénouement. **132**
Étape 7 : analyser le thème de la propagande. **134**

TEXTES ET IMAGE
Les monstres en scène : groupement de documents. **136**

Le Dragon

Conte, allégorie, parabole

Le Dragon se présente comme un « conte en trois actes », mais sous l'apparence du conte féerique se joue le drame d'un peuple opprimé. Le combat du héros contre le dragon évoque alors la résistance contre le pouvoir totalitaire. À la manière d'une parabole, Le Dragon est porteur d'un enseignement essentiel : la liberté est le bien le plus précieux et l'affaire de tous.

● L'UNIVERS DU CONTE

Comme dans les contes, *Le Dragon* semble se dérouler dans un lieu et à une époque indéfinis. Les noms de plusieurs personnages tels que Charlemagne ou Lancelot renvoient à un autrefois lointain, dans lequel évoluent des animaux doués de parole. Elsa subit son sort avec la même patience que les jeunes filles des récits féeriques, qui n'osent espérer une intervention magique ou l'arrivée d'un sauveur.

Charlemagne, roi des Francs (768-814), de la dynastie des Carolingiens, fut couronné empereur en l'an 800.
Lancelot, chevalier de la Table ronde, est le héros du roman Le Chevalier de la charrette *(XIIe siècle).*

Mais c'est surtout le personnage du dragon qui nous fait basculer dans l'univers des contes. Monstre à l'aspect tantôt humain, tantôt bestial, le dragon inspire aux habitants les mêmes peurs que les créatures maléfiques des anciennes légendes.

Les objets magiques

Plusieurs objets utilisés dans Le Dragon *sont empruntés à la tradition russe :*
— le tapis volant, issu des contes orientaux, se retrouve dans des récits populaires russes comme Héléna la Très-Sage, *où l'on voit un dragon, dupé par Ivan, offrir à celui-ci un tapis volant…*
— le bonnet d'invisibilité, souvent obtenu par la ruse, est associé dans La Princesse Grenouille *à plusieurs objets qui agissent d'eux-mêmes (nappe, bâton, instruments de musique…). Dans* Le Dragon, *c'est le violon qui joue seul aux côtés du héros.*

REPÈRES

● **DES PERSONNAGES ALLÉGORIQUES**

L'allégorie

On appelle allégorie un tableau, une histoire, un objet qui représentent une idée. Par exemple, l'allégorie de la justice est une femme aux yeux bandés et tenant à la main une balance. Elle réunit différents aspects de la même idée : les yeux bandés représentent l'impartialité, les plateaux de la balance désignent les deux parties, etc. Les allégories se rencontrent fréquemment dans la peinture (La Liberté guidant le peuple de Delacroix), mais aussi dans la littérature, comme dans Le Roman de la Rose, *poème médiéval où les personnages représentent les vices et les vertus qui entourent le poète amoureux.*

Le Dragon est une pièce entièrement allégorique : les personnages représentent les différentes instances d'une société soumise à un pouvoir totalitaire. Le dragon désigne le tyran : sa monstruosité symbolise son absence d'humanité, ses gueules crachant du feu et ses griffes aiguisées représentent la puissance des moyens de répression. Face à lui, Lancelot apparaît comme le libérateur d'un peuple soumis et résigné. Quant au bourgmestre et à Henri, qui font carrière dans l'ombre du dragon, ils représentent la bureaucratie corrompue.

Allégorie de la victoire.

● UNE PARABOLE SUR LE TOTALITARISME

La parabole

Récit allégorique, la parabole expose un fait tiré de la vie quotidienne afin de démontrer une vérité d'un autre ordre : elle s'inscrit donc dans une visée argumentative. Présente dans les Évangiles (par exemple, la parabole de la brebis égarée), elle ne fournit pas immédiatement les clefs de sa compréhension. Il arrive toutefois que l'interprétation soit donnée ensuite par celui qui la raconte.

Le Dragon est une parabole sur le pouvoir totalitaire, dont la monstruosité prend les traits d'un dragon multiforme, puis d'un bourgmestre sans scrupules. Le geste ultime du chevalier délivrant la ville est une exhortation à rejeter toute forme d'oppression. La pièce invite le spectateur à s'interroger sur les raisons de la soumission de ces habitants, qui ont perdu toute humanité sous l'effet de la propagande. S'adressant aux hommes d'hier et d'aujourd'hui, *Le Dragon* est un véritable appel à la liberté, trop précieuse pour qu'on la laisse entre les mains des tyrans.

La parabole du Bon Samaritain, illustration (1811).

REPÈRES

Le théâtre engagé

Rédigé à une époque où la censure pèse fortement sur les écrivains soviétiques, Le Dragon est interdit dès 1944. La pièce d'E. Schwartz, très engagée, aborde en effet des questions actuelles en avertissant des dangers du totalitarisme. Au même moment, dans d'autres pays, d'autres dramaturges* comme Jean-Paul Sartre et Bertolt Brecht mettent l'art dramatique au service de leur engagement et de leurs idées.

Qu'est-ce que l'engagement ?

L'engagement consiste pour un artiste à mettre son art au service d'une cause politique ou sociale qui lui semble juste et légitime. Dans ces conditions, l'œuvre n'est pas un simple divertissement esthétique, mais devient un moyen d'agir : l'artiste se sent responsable de ce qui l'entoure et incite ses contemporains à transformer le monde. Cette vision de l'art existe déjà au temps des Lumières (Voltaire, Montesquieu), mais la notion d'engagement prend forme au xixe siècle avec les combats menés par Victor Hugo ou Émile Zola.

Au xxe siècle se développe l'engagement des écrivains contre l'idéologie des régimes totalitaires. Mais dès qu'un écrivain s'engage personnellement, il se met en danger : ses œuvres subissent la censure et lui-même risque l'emprisonnement, l'exil ou la mort.

● POURQUOI LE THÉÂTRE S'ENGAGE-T-IL ?

Le théâtre, parce qu'il représente une action sur scène, est particulièrement adapté à l'engagement et à la défense des idées. Les dialogues permettent de montrer la confrontation de points de vue opposés, comme on le voit dans la discussion sur les tsiganes au début du *Dragon*, où les arguments de Charlemagne sont modelés sur les théories antisémites des nazis.

La présence du public permet aussi de jouer sur l'implicite, car les personnages se parlent entre eux et s'adressent en même temps aux spectateurs. Par exemple, les bourgeois disent regretter que Lancelot trouble leur quotidien,

Le Dragon

mais il faut comprendre qu'ils sont trop aveuglés par la propagande pour l'aider à les libérer de la tyrannie du dragon. Cette caractéristique du théâtre, appelée « double énonciation* », instaure une complicité avec le public, qui participe ainsi à la dénonciation du totalitarisme et de la passivité des bourgeois.

Le totalitarisme impose l'adhésion à une idéologie. Les régimes d'Hitler, de Mussolini, de Staline sont totalitaires : leurs fondements idéologiques sont différents, mais les méthodes sont semblables.

● **ABORDER DES QUESTIONS ACTUELLES**

Dans les années 1930-1940, les sujets mythologiques servent de paravent pour aborder des questions actuelles. Jean Giraudoux, dans *La guerre de Troie n'aura pas lieu* (1935), dénonce le cynisme des hommes politiques qui ne font rien face à l'imminence de la guerre. Jean Anouilh, dans *Antigone* (1944), pièce écrite sous l'occupation allemande, transforme le personnage antique d'Antigone en allégorie de la Résistance.

De même, Jean-Paul Sartre, dans *Les Mouches* (1943), reprend le mythe d'Oreste pour dénoncer le nazisme ; et Albert Camus, qui montre dans *Caligula* (1944) le raisonnement absurde qui pousse l'empereur romain à exercer sa tyrannie, vise lui aussi le pouvoir totalitaire. Quant à Bertolt Brecht, il transpose à Chicago l'ascension d'Hitler, qu'il raconte sous la forme d'une parabole dans *La Résistible Ascension d'Arturo Ui* (1941).

Les questions actuelles seront ensuite abordées plus directement, par exemple dans *Les Mains sales* de Jean-Paul Sartre (1948).

Cette pièce met en scène des militants communistes confrontés aux différentes formes d'engagement.

● **RÉVÉLER LA CONDITION HUMAINE : LE THÉÂTRE DE L'ABSURDE**

Après la Seconde Guerre mondiale, le théâtre engagé prend d'autres formes, mais reste influencé par Sartre et Camus. Marqués par le traumatisme de la guerre, plusieurs dramaturges mettent en scène l'absurdité de la condition humaine. C'est ainsi qu'Eugène Ionesco et Samuel Beckett créent le théâtre de l'absurde, montrant une humanité qui se perd, impuissante, dans un monde dépourvu de sens.

REPÈRES

Eugène Ionesco met en évidence les limites du langage courant (*La Cantatrice chauve*, 1952) et dénonce le conformisme de la bourgeoisie : dans *Rhinocéros* (1959), c'est toute la société qui, sans s'étonner outre mesure, se trouve métamorphosée en une multitude de rhinocéros. Quant à Samuel Beckett, il montre une humanité nue, réduite à sa plus simple expression (*En attendant Godot*, 1952) : les personnages, rejouant les mêmes scènes à leur insu, nourrissent les mêmes espoirs toujours déçus.

Trois dramaturges engagés

Bertolt Brecht (1898-1956)
Malgré le succès de son Opéra de quat'sous *(1928), Brecht voit son œuvre brûlée par les nazis en 1933, en raison de ses idées marxistes. Déchu de la nationalité allemande, il s'exile et écrit des pièces dénonçant les rapports entre science et pouvoir (*La vie de Galilée*, 1938) ou l'absurdité des conflits armés (*Mère Courage et ses enfants*, 1939). Brecht attaque les théories nazies dont il montre l'enracinement (*Grand-peur et misère du IIIe Reich*, 1938).*

Jean-Paul Sartre (1905-1980)
Agrégé de philosophie, Sartre passe de l'enseignement à l'écriture à la fin des années 1930. Sa pièce Les Mouches *(1943) est un appel à lutter contre l'oppresseur : le personnage d'Oreste devient le symbole de la liberté humaine. Dans* Les Mains sales *(1948), Sartre pose le problème de la responsabilité de l'individu devant la collectivité. On y retrouve les éléments de la philosophie existentialiste de Sartre, selon laquelle nos actes seuls nous jugent.*

Albert Camus (1913-1960)
Après des études de philosophie, Camus devient journaliste puis rédacteur en chef de Combat, *journal de la Résistance (1944). Sa philosophie de l'absurde l'amène à considérer l'existence comme un conflit entre l'esprit et le monde (*Caligula*, 1944). Camus accorde une grande place à l'humanisme dans* Les Justes *(1949), pièce écrite en réponse aux* Mains sales *de Sartre : un jeune révolutionnaire commet un attentat et refuse de trahir ses complices.*

Le Dragon

Étape I • Étudier la scène d'exposition

SUPPORT • Acte I, lignes 1 à 106 (p. 13-16)

OBJECTIF • Comprendre la mise en place de l'intrigue.

As-tu bien lu ?

1 En entrant dans la maison, Lancelot recherche :
   ☐ un ennemi ☐ des objets de valeur ☐ du repos

2 Relève dans les propos du héros trois expressions montrant que le lieu est accueillant.

3 Le chat exprime à plusieurs reprises sa crainte :
   ☐ pour ses maîtres ☐ pour le dragon ☐ pour Lancelot

4 Explique le danger qui menace Elsa.

L'univers du conte

5 Quels traits merveilleux font de Lancelot un être extraordinaire ?

6 En quoi le chat appartient-il à l'univers du conte ?

7 Dresse le portrait physique du dragon. Complète le tableau en citant le texte.

Ses têtes	
Ses pattes	
Le reste du corps	

Une intrigue à double entente

8 Explique en quoi le dragon est une allégorie du tyran.

9 « Je vous en supplie : défiez-le. Il vous tuera, bien sûr... » (l. 91). Pourquoi le chat ne croit-il pas à une victoire de Lancelot ? Comment qualifier son attitude ?

10 Lancelot a déjà affronté de nombreuses créatures. Relève les raisons qui le poussent à défier ce dragon-ci, et classe-les dans le tableau selon qu'elles relèvent du caractère, des sentiments ou de l'altruisme de Lancelot.

Son caractère	
Ses sentiments	
Son altruisme	

11 « Le plus triste dans cette histoire, c'est qu'ils ont le sourire. » (l. 105-106). Explique ce qu'il y a de terrible dans la gaieté d'Elsa, et en quoi cet élément s'écarte des contes traditionnels.

La langue et le style

12 « Je ne suis pas seulement léger comme un duvet, mais aussi têtu comme un âne. » (l. 38-39). Nomme la figure de style employée et indique l'effet produit.

13 Sachant que l'adjectif *grave* s'écrivait autrefois *grief*, explique la formation de l'adverbe *grièvement*.

Faire le bilan

14 Montre que cette scène d'exposition met en place une intrigue qui reprend de façon allégorique l'univers des contes.
Dans cette scène, située au .... de la pièce, le chat expose au chevalier .... le malheur qui menace l'héroïne, appelée .... Un .... règne sur la ville et exige chaque année une jeune fille comme .... Lancelot est incité à .... le dragon. Le schéma traditionnel des .... se double d'une interprétation politique : le monstre peut être compris comme une allégorie de la ...., à laquelle Elsa et son père semblent pourtant ....

Donne ton avis

15 Quel rôle le chat est-il destiné à jouer dans cette histoire ? Donne une réponse construite en t'appuyant sur le schéma actantiel.

À toi de jouer

16 Apprends la première réplique* de Lancelot de manière à pouvoir l'interpréter devant la classe. Tu auras pris soin de réfléchir à l'organisation de l'espace scénique.

Le Dragon

Étape 2 • Repérer l'absurde dans une argumentation

SUPPORT • Acte I, lignes 130 à 226 (p. 18-21)

OBJECTIF • Examiner la validité des arguments avancés et montrer l'absurdité du raisonnement.

As-tu bien lu ?

1. Depuis combien d'années le dragon sévit-il dans cette ville ?
   ☐ quatre-vingt-deux   ☐ quatre cents   ☐ deux cents

2. D'où reviennent Elsa et Charlemagne ?
   ☐ de la forêt   ☐ du sud de la ville   ☐ de l'hôtel de ville

3. Pourquoi personne ne s'oppose-t-il au dragon ?

4. Comment Elsa réagit-elle à l'évocation de son destin ?

Les arguments de Charlemagne

5. Cite trois expressions du texte qui visent à prouver l'utilité du dragon contre les grands fléaux.

Contre les épidémies	
Contre les tsiganes	
Contre les autres villes	

6. Précise les deux tactiques du dragon qui découragent ceux qui tentent de l'attaquer.

| Face à un chevalier | |
| Face à la population | |

7. Les tsiganes sont décrits comme des gens horribles. Cite au moins trois arguments avancés.

L'absurde et ses effets

8. Charlemagne dit : « À vrai dire, je n'ai jamais vu aucun tsigane de toute ma vie. » (l. 193-194). D'où proviennent alors les informations qu'il donne sur les tsiganes ?

124

PARCOURS DE L'ŒUVRE

9 Es-tu d'accord avec le fait qu'il ne se passe jamais rien dans cette ville ?

10 « L'unique moyen de se débarrasser des dragons, c'est d'en avoir un à soi. » (l. 223-224). Explique pourquoi on peut parler d'une logique absurde.

11 Quels sont les effets produits par l'absurdité de ces exemples ?

La langue et le style

12 « nous en sommes complètement purifiés... » (l. 202-203). Donne un mot de la même famille indiquant l'élimination systématique d'ennemis.

13 Quels termes valorisants et dévalorisants sont appliqués aux tsiganes, et par quels personnages ?

Faire le bilan

14 Montre que les arguments de Charlemagne reposent sur une logique absurde, en utilisant les mots suivants : comique – Charlemagne – le dragon – tsiganes – terrifiant – vaincre – braves – la société – absurde – tuer. Charlemagne démontre qu'il ne sert à rien d'attaquer .... qui serait de toute façon impossible à .... D'ailleurs, celui-ci est considéré comme utile à ...., en particulier parce qu'il a éliminé .... Cependant, cette logique est complètement ...., car elle s'appuie uniquement sur des clichés. Le personnage de .... a été façonnée par le régime. L'absurdité de ses paroles, contredites par la réalité, produit à la fois un effet .... et .... Lancelot, en revanche, croit qu'il faut .... le dragon et que les tsiganes sont des gens ....

Donne ton avis

15 Compte tenu de l'époque d'écriture de la pièce, montre que les préjugés de Charlemagne sur les tsiganes sont une allégorie, et une dénonciation, des préjugés des nazis envers les juifs. Réponds sous une forme argumentée en analysant le lexique de Charlemagne.

À toi de jouer

16 Imagine qu'Elsa participe davantage à cette discussion. Rédige une vingtaine de lignes où elle exprimerait son opinion sur le dragon et les tsiganes, en inscrivant son raisonnement dans une logique absurde.

Le Dragon

Étape 3 • Étudier la parodie d'un discours officiel

SUPPORT • Acte II, lignes 1490 à 1711 (p. 68-76)

OBJECTIF • Analyser l'évolution de l'opinion du peuple face au discours officiel.

As-tu bien lu ?

1 Les bourgeois observent le combat indirectement :
  ☐ sur un grand écran
  ☐ grâce aux reflets sur le lac
  ☐ à l'aide d'objets divers

2 Qu'est-ce qui permet à Lancelot de se déplacer dans les airs ?
  ☐ un balai ☐ un tapis volant ☐ une oie sauvage

3 Pourquoi Charlemagne est-il mis à l'écart par les bourgeois ?

4 Les bourgeois, le jardinier et les amies d'Elsa déplorent que cette guerre bouleverse leur quotidien. Donne trois exemples.

Le discours parodique

5 Quelle interdiction est formulée par le bourgmestre ? Précise ce qu'il cherche à éviter ainsi.

6 Henri donne la version officielle des événements à mesure qu'ils se déroulent. Résume chacune de ses interventions en indiquant les éléments comiques s'il y en a.

	Résumé	Éléments comiques
Premier communiqué		
Deuxième communiqué		
Exposé sur les deux têtes		
Troisième communiqué		
Exposé sur la tête unique		

7 Pour dénoncer les mensonges des dirigeants en temps de guerre, l'auteur tourne en dérision les discours officiels. Cite dans les paroles d'Henri deux formules appartenant au style de la propagande.

PARCOURS DE L'ŒUVRE

L'évolution de l'opinion publique

8 Très tôt, le dragon bat en retraite. Mais comment le premier bourgeois interprète-t-il cette fuite ?

9 Relève deux autres réactions favorables au dragon ou au bourgmestre. Qu'est-ce qui explique cette adhésion du peuple au régime en place ?

10 « J'ai perdu les deux tiers de mon estime pour le dragon. » (l. 1664-1665). Explique la cause de cette phrase et les conséquences sur les relations que les bourgeois entretiennent avec Charlemagne.

11 a) Que ressent le peuple quand la troisième tête s'écrase ?

b) Justifie en t'appuyant sur les didascalies* et les types de phrases prononcées par les bourgeois.

La langue et le style

12 Le colporteur fait de l'esprit pour vendre sa marchandise. Relève un de ses jeux de mots et explique-le.

13 Henri prétend que le nombre deux est supérieur à trois. Comment qualifierais-tu cette idée ?

Faire le bilan

14 Montre que l'opinion du peuple évolue face à un discours officiel de plus en plus éloigné de la réalité.
Les .... portent d'abord un jugement .... sur le dragon. Ils croient volontiers la fausse version du combat donnée par ...., et n'osent pas formuler le moindre .... Mais leur opinion change à mesure que les événements viennent .... le discours officiel. Chaque fois qu'une .... du dragon s'écrase sur la place, leur incrédulité .... La mort du dragon suscite finalement la .... et le .... du peuple, qui peut enfin s'exprimer à voix ....

Donne ton avis

15 Seul le petit garçon parvient à conserver un regard critique sur les événements. Qu'est-ce que cela peut signifier ? Réponds de manière argumentée.

Le Dragon

Étape 4 • Analyser le monologue du héros

SUPPORT • Acte II, lignes 1794 à 1844 (p. 79-80)

OBJECTIF • Caractériser le monologue et mettre en évidence les sentiments du héros.

As-tu bien lu ?

1 Lancelot entend une voix familière l'appeler par son nom. Est-ce :
☐ Elsa ☐ la mort ☐ le dragon

2 Les phrases musicales de l'instrument sont pleines :
☐ de rancœur ☐ de mélancolie ☐ d'allégresse

3 Relie ces paroles à leur destinataire supposé :

« Laisse-moi encore réfléchir une minute. » •

• les habitants

« Tu ne me souriras pas, tu ne m'embrasseras pas... » •

• la mort

« Oui, à t'écouter, cela semble à la fois noble et sublime. » •

• Elsa

« N'ayez pas peur. Ayez pitié les uns des autres. » •

• l'instrument

Le monologue d'un mourant

4 « À cause de nous, un homme meurt en ce moment sur la place, seul dans sa solitude. » (l. 1821-1822). Qui est censé prononcer cette phrase ?

5 Relève dans le texte trois expressions appartenant au champ lexical de la souffrance.

6 « Je n'ai pas envie de partir. Mais je crois que cette fois, il va falloir. » (l. 1797-1798). Quel est, à cet instant, l'état d'esprit du héros ?

7 Les blessures de Lancelot l'empêchent-t-elles de penser à Elsa et aux habitants ? Qu'en déduis-tu sur lui ?

PARCOURS DE L'ŒUVRE

Un sacrifice héroïque

8 Lancelot croit-il que sa mort sera utile ? Justifie ta réponse à l'aide du texte.

9 Quel sentiment et quelle réaction attribue-t-il aux habitants ?

10 Le héros lance un avertissement à la ville. Lequel ?

11 Sachant qu'il s'agit d'un monologue* théâtral, quelles sont les seules personnes qui peuvent l'entendre ?

La langue et le style

12 Comment les paroles des habitants sont-elles rapportées ? Quel est l'effet produit ?

13 « Par notre faiblesse, les plus forts, les plus braves, les moins résignés ont péri. » (l. 1825-1826). À quel degré sont les adjectifs employés dans cette phrase ?

Faire le bilan

14 Montre que le monologue permet au héros d'exprimer ses sentiments et ses espoirs en utilisant chacun des mots suivants : tristesse – pitié – monologue – réplique – courage – instrument – raisonnables – souffrances – sacrifié.
Ce .... est formé d'une seule longue .... prononcée par le héros, parfois interrompu par le son d'un .... Couvert de blessures après son combat, Lancelot endure de grandes .... et exprime sa .... de quitter le monde. Toutefois, la mort du dragon lui donne le sentiment de s'être .... pour libérer de son emprise les habitants. Le héros nourrit l'espoir que ceux-ci se montrent dorénavant plus .... Le discours s'achève sur un appel sincère au .... et à la ....

À toi de jouer

15 Imagine le monologue d'Elsa découvrant Lancelot sans vie sur la place. Ses paroles, adressées tantôt à elle-même, tantôt à des personnes absentes, s'accorderont au caractère et aux sentiments de l'héroïne.

Le Dragon

Étape 5 • Comprendre l'implicite dans une scène

SUPPORT • Acte III, lignes 2184 à 2315 (p. 94-99)

OBJECTIF • Interpréter les intentions d'Henri à l'aide de la gestuelle du bourgmestre.

As-tu bien lu ?

1 Elsa arrive en carrosse. Mais pour quelle grande occasion ?

2 Combien de temps après le combat cette scène se déroule-t-elle ?

3 Le bourgmestre, au début de l'interrogatoire, se cache :
   ☐ sous une tente
   ☐ derrière une tenture
   ☐ derrière une peinture

4 Quel personnage n'est pas présent sur scène dans l'ensemble du passage ?
   ☐ Charlemagne   ☐ le bourgmestre   ☐ Lancelot

Un interrogatoire en douceur

5 Voici les différentes stratégies d'Henri. Cite un exemple pour chacune d'elles en les classant dans le tableau.

Stratégies	Exemples
Le mensonge sur la situation	
La flatterie	
Le souvenir attendrissant	
Le faux apitoiement	
L'attitude hypocrite	

6 Elsa est-elle touchée par les paroles d'Henri ? Justifie ta réponse en citant plusieurs passages du texte.

7 Henri parvient-il néanmoins à cacher complètement sa personnalité ? Cite un exemple.

PARCOURS DE L'ŒUVRE

Les intentions cachées

8 Le bourgmestre lui-même ne comprend pas toutes les intentions d'Henri. Quel geste l'indique implicitement ?

9 Relève les didascalies* indiquant l'étonnement, l'approbation et la crainte d'être vu.

10 Quel renseignement le bourgmestre voulait-il obtenir ? Le récit d'Elsa lui était-il destiné ? Justifie.

11 « Ah ! Elsa, ne fais pas la fillette naïve. Aujourd'hui, tu te maries, que diable ! » (l. 2314-2315). Comment interprètes-tu cette phrase ? Pourquoi peut-on dire qu'Henri ne manque pas de toupet ?

La langue et le style

12 Recherche l'origine du mot *hypocrite*. À quel personnage de la pièce s'applique-t-il le mieux ?

13 « Ah ! nous sommes tous empêtrés dans notre propre toile d'araignée. » (l. 2243-2244) Nomme la figure employée. Quelle vision de la société implique-t-elle ?

Faire le bilan

14 Montre l'importance de l'implicite dans les gestes et les paroles des personnages de cette scène. Tu analyseras la gestuelle* du bourgmestre, en montrant qu'elle révèle de manière comique la stratégie d'Henri, puis tu mettras en évidence les sous-entendus dans les paroles d'Henri.

Donne ton avis

15 Cet interrogatoire te semble-t-il habilement mené ? Rédige un paragraphe argumenté.

À toi de jouer

16 Par groupes de trois, réfléchissez à la mise en scène de ce passage, en particulier à la gestuelle du bourgmestre et à l'utilisation du décor. Vous monterez ensuite la scène allant de « Est-il possible que des enfants... » à « ... je veux tout te raconter. » (l. 2216-2272).

Le Dragon

Étape 6 • Comprendre les enjeux du dénouement

SUPPORT • Acte III, lignes 2489 à 2728 (p. 105-113)

OBJECTIF • S'interroger sur la progression des événements et caractériser le dénouement.

As-tu bien lu ?

1 Remets les étapes du dénouement* dans l'ordre :
L'affolement des laquais – Les retrouvailles avec Elsa – Les réflexions sur l'avenir – Les reproches aux bourgeois – L'arrestation d'Henri et de son père – L'accueil de Lancelot par le président – Les coups frappés, la porte qui s'ouvre – Le récit sur les Montagnes Noires.

2 Quel personnage, au début, refuse de croire au retour de Lancelot ?

3 La table a été dressée pour le mariage. Mais où sont les invités ?
☐ sous la table   ☐ derrière la porte   ☐ ils sont sortis

4 Lancelot a été soigné dans les montagnes par :
☐ la lecture d'un livre ☐ un bonnet magique ☐ la femme d'un bûcheron

La progression dramatique

5 Comment peux-tu qualifier l'atmosphère produite par les coups frappés et la porte qui s'ouvre toute seule ?

6 Indique dans le tableau à quoi renvoient les mots en italique. Quelle évolution observes-tu dans la désignation de Lancelot ?

	Lancelot	Henri et le bourgmestre	L'argent
Reprenez-*le* ! Reprenez-*le* !			
Je ne sers plus chez *vous* !			
Il me tuera pour toutes mes bassesses.			
Maintenant, *il* ne regarde plus les gens.			
Je vais *vous* rapporter un certificat.			

PARCOURS DE L'ŒUVRE

7 À qui Lancelot adresse-t-il la parole en premier ? Explique pourquoi on peut parler d'un coup de théâtre*.

Un nouveau départ

8 « Repose-toi et nous partirons » dit Elsa (l. 2576-2577). Mais les intentions de Lancelot sont-elles les mêmes qu'autrefois ? Appuie-toi sur le texte pour montrer en quoi il a changé.

9 Henri se sent-il coupable ? Repère et analyse l'argument qu'il invoque.

10 Indique dans ce tableau les reproches que Lancelot adresse aux bourgeois et au jardinier, ainsi que leurs justifications. Quelle réaction le héros attendait-il des habitants après la mort du dragon ?

	Reproches	Justifications
Au premier bourgeois		
Au jardinier		
Au deuxième bourgeois		

La langue et le style

11 Compare les métaphores employées par Lancelot et le jardinier pour évoquer le travail à venir : quel est leur point commun ?

12 Recherche le nom botanique de la gueule-de-loup. Quel avantage offre l'appellation populaire ?

Faire le bilan

13 Montre que le dénouement, loin de se réduire à la vengeance ou au mariage, reste ouvert.

À toi de jouer

14 Comment mettrais-tu en scène le dénouement ? En suivant la progression du passage, expose tes choix de manière ordonnée (décor, mobilier... ; mouvement des personnages ; éclairage et sonorisation).

Le Dragon

Étape 7 • Analyser le thème de la propagande

SUPPORT • L'ensemble de la pièce et l'enquête.

OBJECTIF • Comprendre que la pièce constitue une réflexion sur l'attitude de l'individu confronté au totalitarisme.

As-tu bien lu ?

1 Quelle annonce d'Henri permet d'imposer le silence à la fin du combat ?

2 Après la mort du dragon, le bourgmestre se fait passer pour :
- ☐ un malade mental
- ☐ le vainqueur du dragon
- ☐ son premier adjoint

3 Dès l'arrivée du président, les habitants :
- ☐ chantent ses louanges
- ☐ énumèrent leurs malheurs
- ☐ réclament la vérité

La fabrique des âmes mortes

4 « À moi-même, je ne dis plus la vérité depuis tant d'années que j'ai oublié ce que c'était, la vérité » dit le bourgmestre (l. 749-750). Qu'est-ce que cela indique sur le dirigeant d'un État totalitaire ?

5 Dans le tableau suivant, rétablis la vérité en face des mensonges imposés par la propagande, et inversement.

Les mensonges	La vérité
	Le dragon fait surtout du mal aux habitants.
La ville se réjouira de la mort de Lancelot.	
	Le bourgmestre ne veut pas fournir de lance à Lancelot.
Une tête du dragon a obtenu une permission.	
	Lancelot est le seul et unique vainqueur du dragon.

PARCOURS DE L'ŒUVRE

6 Lancelot déclare : « Le dragon vous a déboîté l'âme, empoisonné le sang et brouillé la vue » (l. 528-529). Explique le sens de cette phrase.

7 Compare la manière dont le pouvoir est exercé par le dragon et le bourgmestre. Qu'est-ce qui permet à ce dernier de lui succéder ?

Le confort de la soumission quotidienne

8 La présence de Lancelot bouleverse la tranquillité de la ville. Quelles paroles du chat reflètent le mieux cette attitude des bourgeois ?

9 Les préoccupations des habitants te semblent-elles futiles ? Justifie.

10 Comment Charlemagne réagit-il au sort réservé à Elsa au premier acte* et au troisième acte ?

Une sourde contestation

11 « Le dragon nous avait réduit au silence, alors nous attendions tout bas, tout bas » disent les muletiers. Que représentent ces hommes de l'ombre ?

12 Qu'écrit-on sur les murs de la ville ? Précise les risques encourus par ceux qui écrivent.

La langue et le style

13 Le dragon qualifie de différentes manières les âmes qu'il a façonnées. Relie chacune de ces expressions à sa signification. Quel est leur point commun ?

Des âmes manchotes • • hypocrites
Des âmes vénales • • promises à l'enfer
Des âmes damnées • • corrompues
Des âmes de faux jeton • • privées de vie
Des âmes mortes • • sans bras

Donne ton avis

14 La pièce de Schwartz te semble-t-elle subversive ? Rappelle les raisons pour lesquelles elle fut interdite, puis donne ton opinion en t'interrogeant sur la modernité de son contenu.

Les monstres en scène : groupement de documents

OBJECTIF • Comparer trois documents mettant en scène des monstres allégoriques.

DOCUMENT 1 EUGÈNE IONESCO, *Rhinocéros*, 1959, acte II, scène 2 (extrait), © Éditions Gallimard.

Reposant sur l'absurde, la pièce Rhinocéros *montre une société qui perd ses traits humains pour se métamorphoser en une multitude de rhinocéros, allégorie du conformisme et du totalitarisme.*
Bérenger discute de ces transformations avec son ami Jean, qui n'y trouve rien d'anormal.

JEAN. – Je vous dis que ce n'est pas si mal que cela ! Après tout, les rhinocéros sont des créatures comme nous, qui ont droit à la vie au même titre que nous !

BÉRENGER. – À condition qu'elles ne détruisent pas la nôtre. Vous rendez-vous compte de la différence de mentalité ?

JEAN. – (*allant et venant dans la pièce, entrant dans la salle de bain, et sortant.*) Pensez-vous que la nôtre soit préférable ?

BÉRENGER. – Tout de même, nous avons notre morale à nous, que je juge incompatible avec celle de ces animaux.

JEAN. – La morale ! Parlons-en de la morale, j'en ai assez de la morale, elle est belle la morale ! Il faut dépasser la morale.

BÉRENGER. – Que mettriez-vous à la place ?

JEAN. – La nature !

BÉRENGER. – La nature ?

JEAN. – La nature a ses lois. La morale est antinaturelle.

BÉRENGER. – Si je comprends, vous voulez remplacer la loi morale par la loi de la jungle ! [...] Réfléchissez, voyons, vous rendez-vous bien compte que nous avons une philosophie que ces animaux n'ont pas, un système de valeurs irremplaçable. Des siècles de civilisation humaine l'ont bâti !....

PARCOURS DE L'ŒUVRE

JEAN. – (*toujours dans la salle de bain.*) Démolissons tout cela, on s'en portera mieux.

BÉRENGER. – Je ne vous prends pas au sérieux. Vous plaisantez, vous faites de la poésie.

JEAN. – Brrr... (*Il barrit presque.*)

BÉRENGER. – Je ne savais pas que vous étiez poète.

JEAN. – (*il sort de la salle de bains.*) Brrr... (*Il barrit de nouveau.*)

BÉRENGER. – Je vous connais trop bien pour croire que c'est là votre pensée profonde. Car, vous le savez aussi bien que moi, l'homme...

JEAN. – L'homme... Ne prononcez plus ce mot !

BÉRENGER. – Je veux dire l'être humain, l'humanisme...

JEAN. – L'humanisme est périmé ! Vous êtes un vieux sentimental ridicule. (*Il entre dans la salle de bain.*)

BÉRENGER. – Enfin, tout de même, l'esprit...

JEAN. – Des clichés ! vous me racontez des bêtises.

BÉRENGER. – Des bêtises !

JEAN. – (*de la salle de bain, d'une voix très rauque difficilement compréhensible.*) Absolument.

BÉRENGER. – Je suis étonné de vous entendre dire cela, mon cher Jean ! Perdez-vous la tête ? Enfin, aimeriez-vous être rhinocéros ?

JEAN. – Pourquoi pas ! Je n'ai pas vos préjugés. [...] J'aime les changements.

BÉRENGER. – De telles affirmations venant de votre part... (*Bérenger s'interrompt, car Jean fait une apparition effrayante. En effet, Jean est devenu tout à fait vert. La bosse de son front est presque devenue une corne de rhinocéros.*)

Le Dragon

DOCUMENT 2 HEINER MÜLLER, *L'Opéra du Dragon* (Drachenoper), 1965, cinquième tableau (extrait), traduit de l'allemand par Renate et Maurice Taszman, © Éditions Théâtrales, 2000.

Espace télévisuel. Le Dragon contrôle la ville. Panorama de familles bouffant et digérant, regardant la télévision.

DRAGON. – Mon peuple.
Sur l'écran mural, dans trois chambres, les trois amies essayant des robes pour le mariage et la mort d'Elsa. Chacune d'elles essaie deux fois, trois vêtements de couleurs différentes, puis dans l'ordre inverse. La première téléphone à la deuxième, la troisième à la première, la deuxième à la troisième. Résultat : chacune choisit deux robes différentes de celles des autres.
Le Dragon rit. Sur l'écran mural : la maison de Charlemagne.

CHARLEMAGNE. – (*lisant un livre*) ... se souleva la racaille des banlieues contre le règne sage et débonnaire du Seigneur Dragon. Notre Seigneur Dragon assainit les banlieues de son souffle de feu et par un traitement intelligent à base de vapeurs toxiques, il ramena la minorité aveuglée à la raison.

DRAGON. – Je le ferai nommer archiviste en chef.

LANCELOT. – À cinq années de marche, dans les Montagnes noires, au fond d'une grande caverne, le livre des plaintes. Personne ne l'approche. De nombreuses pages sont écrites chaque jour. Qui les écrit ? L'herbe et les montagnes, les forêts et les pierres, les fleuves et les océans. Ils voient ce que font les hommes et ce qu'ils souffrent. Tous les crimes et tout le malheur. De nuage en nuage, de goutte en goutte, de branche en branche s'en viennent les plaintes dans les Montagnes noires, dans la caverne, dans le livre. Les arbres seraient secs de tristesse, les océans seraient amers de douleur s'il n'y avait le livre des plaintes. Celui qui lit ce livre ne trouve plus le repos. Nous portons secours là où il y a lieu de porter secours. Nous anéantissons ce qu'il faut anéantir.

DRAGON. – (*éteint l'écran mural*) Un révolutionnaire. Quel ennui. À peine a-t-on établi un ordre du monde et mis au pas l'humanité – les riches sont riches, les pauvres sont pauvres, les morts sont morts et ainsi de suite – se dresse un de ces idiots professionnels pour qui rien n'est sacré, qui veut que tout soit différent et fait une révolution. Il va falloir que je tonne à nouveau. Je hais ces conventions. (*il s'entraîne à faire le tonnerre*) Je crains d'avoir désappris le tonnerre durant toutes ces années de démocratie. Il va falloir utiliser le tonnerre de la bande son. Secrétaire.

PARCOURS DE L'ŒUVRE

DOCUMENT 3 VICTOR MOLEV (né en 1955), *Dragon Fighter*, huile sur toile, 50 x 50 cm.

La légende de saint Georges terrassant le dragon a inspiré de nombreux peintres comme Paolo Uccello, Raphaël, Gustave Moreau, etc. Le motif reste présent aujourd'hui, comme en témoigne cette peinture parodique de Viktor Molev, artiste contemporain, né en URSS.

Le Dragon

As-tu bien lu ?

1 Dans le document 1, quels changements le personnage de Jean subit-il ? Classe-les dans le tableau suivant.

Le son de sa voix	
Son aspect physique	
Son comportement	

2 Quelles sont les craintes de Bérenger ?

3 Dans le document 2, par quel moyen le dragon observe-t-il la ville ?

4 Plusieurs personnages espionnés par le dragon sont empruntés à la pièce de Schwartz. Lesquels ?

Comparer les textes

5 Dans chacun des textes, quelle idée abstraite les monstres représentent-ils ?

6 Dans quelle mesure le discours de Jean se rapproche-t-il de celui du bourgmestre ?

7 La notion d'humanité ou d'humanisme est mise en danger. Montre-le en citant les propos du dragon et de Jean.

8 Les situations de Bérenger et de Lancelot sont-elles comparables ? Justifie ta réponse.

9 Les monstres accusent ceux qui les contestent. Repère ces accusations et explique en quoi elles sont absurdes.

PARCOURS DE L'ŒUVRE

Lire l'image

10 Lesquels de ces mots semblent convenir à l'image ?
- ☐ arrogance
- ☐ gratitude
- ☐ burlesque
- ☐ joie
- ☐ ambition
- ☐ fougue

11 Que font les personnages au premier plan ? Précise ce qui permet de les identifier.

12 Observe les visages du chevalier et de la dame. Quelle impression le peintre a-t-il voulu produire ?

13 Compare les corps du dragon, du chevalier et de sa monture. Qu'en déduis-tu ?

14 Peut-on parler de parodie ? Pour répondre, n'hésite pas à te documenter sur les représentations de saint Georges terrassant le dragon. Tu pourras comparer le document 3 avec l'image reproduite en début d'ouvrage, au verso de la couverture.

Faire le bilan

15 « L'État est le plus froid de tous les monstres froids » disait Nietzsche, philosophe allemand du XIXe siècle. Cette citation peut-elle s'appliquer à ces documents ? Justifie ton point de vue.

À toi de jouer

16 Si tu devais écrire une pièce de théâtre mettant en scène des monstres, lesquels choisirais-tu ? Explique les raisons de ton choix, puis rédige la trame de ta pièce.

Le Dragon d'Evgueni Schwartz a été rédigé dans l'URSS de Staline. La situation de ses personnages reflète en partie celle des citoyens soviétiques de l'époque : les réalités quotidiennes contrastaient souvent avec l'optimisme des discours de propagande...

L'ENQUÊTE

L'URSS sous Staline

1 Comment vit-on dans une société sous contrôle ? 144

2 Qu'est-ce que le culte de la personnalité ? 147

3 Art, censure et propagande 149

4 Quelles sont les formes de la répression ? 152

L'ENQUÊTE EN 4 ÉTAPES

1. Comment vit-on dans une société sous contrôle ?

Après le coup d'État du 25 octobre 1917 (le 7 novembre selon le calendrier grégorien), la société russe subit d'énormes changements. Le pays est gouverné par un parti unique, le Parti communiste. Dans les années 1930, une société totalitaire se forme qui contrôle les gens dans tous les domaines de leur vie.

● LA DICTATURE DU PROLÉTARIAT

La classe ouvrière, qui a pris part à la révolution, est considérée comme le pilier du système, d'autant que l'industrialisation fait de l'URSS une grande puissance industrielle et militaire. En revanche, le régime soviétique est hostile aux « classes ennemies » : la noblesse, la bourgeoisie, le clergé. Malgré les apparences, les paysans sont opprimés aussi : la collectivisation[1] forcée à partir de 1930 se solde par des famines ; les koulaks, paysans aisés, sont déportés en Sibérie ; ceux qui restent n'ont plus le droit de quitter leur kolkhoze[2]. Quant aux intellectuels (intelligentsia), ces « compagnons de route » du pouvoir soviétique, ils ne partagent pas tous les idéaux communistes : un grand nombre d'entre eux, jugés peu fiables, périra dans les camps[3].

● UNE SOCIÉTÉ AUX AGUETS

Dès les années 1930, l'homme soviétique est invité à se méfier d'ennemis supposés qui menacent sa patrie : espions, saboteurs, ennemis du peuple. Au début, les opposants sont assimilés aux partisans présumés de Trotski, rival de Staline dans sa lutte du contrôle du parti. Mais très vite une ambiance de soupçon envahit le pays : n'importe quel citoyen, même le plus fidèle au régime, peut passer dans le rang des ennemis. En mars 1937, Staline prononce un discours où il appelle à être vigilant et à lutter contre le monde capitaliste qui « encercle l'URSS » et y « introduit

---

1. Regroupement forcé des paysans dans des exploitations agricoles collectives appelées kolkhozes.
2. Exploitation agricole collective dans laquelle les paysans sont regroupés.
3. Les condamnés étaient envoyés dans des camps de travail, souvent situés dans des régions éloignées (le Grand Nord, la Sibérie...).

L'ENQUÊTE

ses espions ». Sur les lieux de travail ou d'études, on organise des meetings auxquels chacun doit participer pour réprouver[4] les ennemis démasqués et réclamer leur mort.

● **LES OREILLES DU POUVOIR**

En plus de la police secrète, appelée NKVD, le pouvoir développe un système complexe permettant de contrôler tout le monde. À partir de 1932, tout citoyen soviétique est rattaché de manière permanente à son lieu de résidence : il n'a pas le droit de partir sans

Le mineur Nikita Izotov, héros du travail (1934).

La formation des bons citoyens

La formation des bons citoyens commence dès l'école par l'adhésion obligatoire à une organisation politique. À l'âge de 7 ans, on intègre les rangs des « petits enfants de Lénine ». Par la suite, à 11-12 ans, l'écolier soviétique devient « pionnier ». Les jeunes de 16-17 ans peuvent adhérer au Komsomol, ce qui veut dire l'Union de la jeunesse communiste. Les plus dignes deviendront plus tard membres du parti. Ce système permettait au pouvoir de contrôler toutes les couches de la population et d'assurer leur formation idéologique.

4. Dans des lieux aussi variés que les usines ou les universités, on prononçait des discours accablants contre les opposants lors des grands procès, puis on votait à main levée pour réclamer leur mort.

autorisation spéciale. Le régime encourage aussi la délation[5]. Le pays est plongé dans une chasse aux espions, les dénonciations ayant souvent un but personnel ou professionnel. Les appartements communautaires, où vivent et se côtoient au quotidien plusieurs familles, sont l'endroit idéal pour se surveiller jour et nuit. Même la famille n'échappe pas à cette folie de la surveillance : un fils peut dénoncer son père. Désormais, les intérêts du Parti prévalent sur la morale, sur les relations amicales ou familiales.

Pavlik Morozov (1918-1932) : un « pionnier » modèle

Pavlik Morozov, peinture de Nikita Chebakov (1952).

Cet adolescent devient à l'époque stalinienne un modèle de vigilance. Originaire d'un village sibérien, Pavlik Morozov dénonce son propre père pour ses liens avec les koulaks, « non en tant que fils, mais en tant que pionnier ». Pour sa dénonciation, il est ensuite tué par son grand-père paternel et son cousin. Ce fait divers, à des milliers de kilomètres de Moscou, est utilisé par la propagande qui fait de Pavlik un martyr de la lutte contre les ennemis du peuple. Des monuments à son honneur sont érigés dans les villes soviétiques, des chansons le glorifient. Mais dans la conscience collective, ce garçon est associé à l'image du traître.

5. Dénonciation secrète pour des raisons malhonnêtes.

L'ENQUÊTE

Qu'est-ce que le culte de la personnalité ?

À partir des années 1930, la personne de Staline fait l'objet d'une véritable adoration de la part de son peuple. Malgré les crimes perpétrés par le régime, ce culte de la personnalité, favorisé par l'aveuglement d'une grande partie de la population, prend une dimension nationale.

● VERS UN POUVOIR ABSOLU

Malgré ses fonctions importantes au sein du parti, Staline ne devient pas immédiatement le *Vojd'* (« guide ») du peuple. Une série d'alliances habiles lui permet de concentrer entre ses mains, à partir des années 1930, un pouvoir absolu. De 1922 jusqu'à sa mort (1953), il occupe le poste de secrétaire général du Comité central, ce qui lui permet de contrôler la nomination des hauts fonctionnaires communistes. S'alliant avec d'autres membres du bureau politique, il réussit à expulser en 1929 Trotski[1], qui sera tué au Mexique en 1940. Les alliés temporaires de Staline (Zinoviev, Kamenev, Boukharine...) seront éliminés après les procès de Moscou, en 1936-1938. En possession d'un pouvoir sans limite, Staline décide alors seul de l'avenir du pays.

● LE POUVOIR MIS EN SCÈNE

Staline tire parti des rassemblements de foules et de leur influence sur les individus. La Place Rouge[2] devient un lieu de glorification du pouvoir soviétique et de Staline en personne : des manifestations annuelles gigantesques y sont organisées à l'occasion du 7 novembre (jour anniversaire de la Révolution) et du 1er mai (fête du travail). Les foules radieuses portent d'énormes portraits de Staline, des drapeaux rouges[3] et des slogans. Depuis la tribune du Mausolée qui recèle le corps de Lénine, Staline et ses collaborateurs observent

---

[1] Léon Trotski (1879-1940) fut un dirigeant du régime bolchevik. Sa popularité et ses idées lui valurent la haine de Staline qui l'exclut du Parti en 1927.

[2] Place centrale de Moscou, devant le Kremlin.

[3] Symbolisant le sang versé pour la liberté, il fut adopté par l'URSS en 1923.

les masses enthousiastes. Des milliers de participants exécutent simultanément des figures sophistiquées lors des parades sportives, étroitement liées à la préparation militaire.

● **LE « PETIT PÈRE DES PEUPLES »[4]**

Dans tout le pays, la propagande implante dans la conscience collective l'image de Staline comme « Grand Guide et Maître » qui protège son peuple. Staline est omniprésent : les stations du métro, les rues et même des villes entières (comme Stalingrad) portent son nom. Nul n'ose le mettre en cause : la responsabilité des répressions est attribuée à d'autres dirigeants. Des milliers de personnes adressent leurs courriers à Staline pour qu'il libère leurs proches, arrêtés injustement. Les soldats soviétiques, combattant les nazis, se sacrifient en criant : « Pour la Patrie, pour Staline ! »

Joseph Staline (1879-1953)

Fils d'un cordonnier géorgien, Iossif Vissarionovitch Djougachvili est destiné par sa mère à devenir prêtre. Admis brillamment au séminaire de Tiflis, il découvre les idées marxistes et dirige un cercle révolutionnaire clandestin. Exclu du séminaire en 1898, il se consacre à la révolution sous divers pseudonymes, dont celui de « Koba[5] ». Arrêté et emprisonné plusieurs fois, il réussit à s'évader. Sa femme meurt du typhus en 1907 (la seconde se suicidera en 1932). Il se rapproche de Lénine[6], écrit des articles sur le marxisme et opte en 1912 pour le nom de « Staline » (du russe stal', « acier »). Après la révolution d'octobre 1917, il occupe des postes importants et devient secrétaire général du parti en 1922. Par son habileté, Staline obtient un pouvoir absolu au début des années 1930. La crainte des complots, réels et supposés, le conduit à mener une politique de terreur. Cependant, grâce à l'industrialisation rapide du pays, à la victoire sur l'Allemagne nazie et à la transformation de l'URSS en superpuissance, la personnalité de Staline continue à fasciner une partie de la population russe.

4. Surnom affectif donné à Staline par la propagande afin de souligner son paternalisme.

5. Nom d'un héros populaire géorgien.
6. Vladimir Lénine (1870-1924) fonda le parti bolchevik et devint le premier dirigeant de l'État soviétique.

L'ENQUÊTE

Art, censure et propagande

Sous Staline, l'art officiel, soumis aux exigences de la propagande, chante l'optimisme d'un pays socialiste[1] en pleine construction. Il coexiste toutefois avec des œuvres non autorisées, dissimulées au public, dont les auteurs renoncent à une présentation idéalisée de la vie soviétique.

● LA FORMATION D'UN ART OFFICIEL

À partir de 1932, le réalisme[2] soviétique devient le seul genre autorisé par la censure. Ses sujets de prédilection sont le quotidien optimiste et les actes héroïques de l'homme soviétique. Instrument de l'idéologie du parti, ce courant est directement lié à la propagande. L'écrivain, défini par Staline comme « ingénieur des âmes humaines », est censé insuffler au lecteur l'enthousiasme pour le communisme et la fidélité au parti. Les écrivains sont regroupés à partir de 1934 dans l'Union des écrivains soviétiques, d'abord présidée par Maxime Gorki. Ses membres, ainsi que les peintres, musiciens et acteurs fidèles au régime, profitent de privilèges importants offerts par l'État : salaires élevés, appartements luxueux, résidences secondaires, maisons de repos destinées aux élites soviétiques.

● LES ARTS AU SERVICE DE LA PROPAGANDE

Tous les arts glorifient les progrès du pays. Des tableaux gigantesques exaltent les succès du régime et développent le culte de Staline. Moscou, vitrine de l'urbanisme soviétique, se dote de bâtiments imposants. Les chansons célébrant Staline et la Patrie sont omniprésentes. Même la *Cinquième Symphonie* de Chostakovitch est composée d'après les canons[3] du réalisme soviétique. Une sculpture monumentale de Vera Moukhina, *L'Ouvrier et la Kolkhozienne* (1937), fait de la paysannerie et de la classe ouvrière les nouveaux maîtres du

---

1. Le pays socialiste confie à la société la production et la distribution des biens afin d'atteindre l'égalité sociale. Cette ambition, souvent utopique, a connu des dérives comme le stalinisme.

2. Courant artistique visant à représenter la réalité sociale contemporaine.
3. Règles directrices appliquées dans les arts.

pays. Très diffusé, le cinéma est l'art le plus populaire en URSS. Les plus grands cinéastes comme Eisenstein (*Le Cuirassé Potemkine*, *Alexandre Nevski*) glorifient le régime.

● **DES ÉCRITURES SOUTERRAINES**

Les auteurs qui ne se plient pas aux critères autorisés ne peuvent pas être publiés en URSS. De nombreux écrivains, même s'ils sont membres de l'Union des écrivains, sont obligés d'écrire en cachette. Ces écritures souterraines dénoncent les crimes du régime, tout en soulevant des questions éternelles : le bien et le mal, dans le roman fantastique de Mikhaïl Boulgakov *Le Maître et Marguerite* (1928-1940) ; la tragédie des purges, dans le poème d'Anna Akhmatova *Requiem* (1935-1940) ; l'homme tourmenté dans le tourbillon de la révolution, dans le roman de Boris Pasternak *Le Docteur Jivago* (1946-1957).

> ## Le paroxysme de la censure
>
> *Andreï Jdanov, responsable de la propagande, renforce la censure, multiplie les attaques contre les artistes jugés incompatibles avec l'esprit communiste, dissout les revues trop libérales, développe une théorie de la suprématie des sciences russes. La période du « jdanovisme » s'étendra de 1946 à la mort de Staline (1953).*

Vera Moukhina (1889-1953), L'Ouvrier et la Kolkhozienne, *1937, moulage en acier inoxydable, 25 m, Centre panrusse des expositions, Moscou.*

L'ENQUÊTE

Des destins tragiques

Le destin des écrivains insoumis est souvent tragique : le poète Ossip Mandelstam meurt au Goulag, la poétesse Marina Tsvetaieva se suicide de désespoir ; Anna Akhmatova et Boris Pasternak sont exclus de l'Union des écrivains et critiqués pour leurs œuvres.

Groupe d'artistes russes à Moscou, parmi lesquels le poète Boris Pasternak, le poète Vladimir Maïakovski et le cinéaste Sergueï Eisenstein, 1917.

« Vaste est mon pays natal »

Composé en 1936 pour le film Le Cirque *d'Alexandrov, le célèbre* Chant de la Patrie *glorifie l'existence libre et heureuse des citoyens soviétiques :* « Vaste est mon pays natal […] Je ne connais d'autre pays où l'homme respire si librement » *(musique : I. Dounaïevski ; paroles : V. Lebedev-Koumatch).*

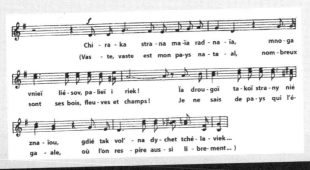

4. Quelles sont les formes de la répression ?

Comme tout État totalitaire, l'URSS de Staline se dote d'un vaste système de répression pour traquer ses ennemis. Ciblant d'abord les opposants les plus dangereux, il menace progressivement l'ensemble des citoyens, de sorte que personne ne peut être certain d'échapper au Goulag.

● LES ORGANES DE LA RÉPRESSION

La traque des opposants commence dès 1917. Cette besogne est d'abord confiée à la redoutable Tcheka, dirigée par Félix Dzerjinski, surnommé « Félix de Fer ». Cette police secrète réprimera de plus en plus sévèrement les « ennemis du peuple ». Elle devient en 1922 le GPU (Direction centrale politique), puis en 1934, le NKVD (Commissariat du peuple aux Affaires intérieures). Celui-ci gère les camps soviétiques (le Goulag) et met en œuvre la Grande Terreur des années 1936-1938, sous la direction de Iejov. Après la mort de Staline, la structure sera rebaptisée en KGB, nom qu'elle portera jusqu'à sa dissolution en 1991.

● LES PURGES

Une « terreur rouge » avait déjà été appliquée par le gouvernement soviétique pendant la guerre civile (1918-1921). La période de la NEP[1] (1921-1930) laisse un certain répit au pays. Mais à partir de 1929, avec l'industrialisation qui exige beaucoup de main d'œuvre, on envoie massivement les détenus dans les grands chantiers. Le moyen le plus simple est d'accuser les citoyens d'avoir trahi la Patrie, crime suprême en vertu de l'article 58 du Code pénal. Parallèlement, Staline mène dans son entourage une lutte impitoyable contre ses adversaires politiques, jugés et exécutés pendant les trois procès de Moscou (août 1936, janvier 1937, mars 1938).

---

[1]. La Nouvelle Politique Économique (1921-1929), instaurée par Lénine, donne de l'autonomie à l'industrie et permet d'augmenter la production agricole, car les paysans peuvent vendre leurs surplus.

L'ENQUÊTE

En 1937-1938, les grandes purges menacent désormais chaque individu : plus d'un million et demi de personnes sont arrêtées. Après la guerre, les répressions reprennent, notamment contre les juifs, avec le « complot des blouses blanches » (1952-1953).

Deux témoins de l'indicible

Après la libération massive des prisonniers politiques en 1956, une partie des rescapés veut témoigner des atrocités du Goulag.
Alexandre Soljenitsyne (1918-2008) est le premier à publier un récit bouleversant sur la vie d'un zek (détenu) : Une journée d'Ivan Denissovitch *(1962). Son œuvre monumentale* L'Archipel du Goulag, *interdite en URSS, dénonce un système répressif criminel.*
*Varlam Chalamov (1907-1983) est l'auteur de plusieurs cycles de récits consacrés à la vie des camps, où il a passé dix-huit ans (*Les Récits de la Kolyma*). Son écriture sobre et laconique décrit une expérience dévastatrice.*

Prisonniers soviétiques d'un goulag travaillant à la construction du Canal de la mer Blanche, premier grand chantier stalinien (1931-1933).

● LE GOULAG

Le Goulag (Direction générale des camps) est une abréviation derrière laquelle se cache la structure la plus terrifiante du pays. Son but est d'éloigner les opposants politiques, d'exploiter les ressources naturelles et de terroriser la population. Il englobe et gère tous les camps de travail forcé qui se forment progressivement sur le territoire de l'URSS. Une fois la peine infligée, les condamnés sont déportés dans les camps, essentiellement situés dans les régions éloignées : le nord du pays, le Kazakhstan ou la Sibérie (souvent dans la région de la Kolyma). Dans des conditions climatiques extrêmes, les prisonniers doivent travailler dans les mines, abattre des arbres, construire des canaux ou de nouvelles voies…

L'archipel Solovki

Le premier camp de redressement soviétique se forme au début des années 1920, sur l'archipel des îles Solovki dans la mer Blanche[2], dans l'enceinte d'un monastère orthodoxe. Les anciens moines y sont retenus, auxquels s'ajoutent d'autres ennemis du pouvoir soviétique : nobles, officiers tsaristes, bourgeois, opposants politiques… Ce camp est fermé à la veille du conflit avec l'Allemagne, mais les détenus sont transférés vers d'autres camps.

Peut-on survivre au Goulag ?

Dans les camps, la plupart des travaux sont manuels, sans recours aux machines, à des températures atteignant parfois - 56 °C. Les zek (détenus) transportent des blocs de pierre à l'aide d'une simple brouette, abattent de gigantesques pins, cherchent l'or dans l'eau glaciale… Les prisonniers politiques sont brutalisés par ceux de droit commun, qui sévissent dans les baraquements. Affamés, mal habillés, battus, ils s'affaiblissent très vite et deviennent des « crevards[3] ».

2. Mer située au nord-ouest de la Russie, réputée pour la rigueur de son climat.

3. Terme péjoratif utilisé dans les camps pour désigner les prisonniers les plus exténués, proches de la mort.

Petit lexique du théâtre

Acte	Chacune des grandes divisions du texte théâtral, à la fin de laquelle on baisse le rideau.
Aparté	Courte réplique prononcée en direction des spectateurs et que les autres personnages n'entendent pas.
Coup de théâtre	Retournement brutal de situation.
Dénouement	Moment final où se résout le nœud de l'intrigue.
Didascalie	Indication scénique sur le décor, les personnages, les accessoires et les effets sonores.
Double énonciation	Caractéristique propre au théâtre, où les répliques sont entendues à la fois par des personnages et par le public.
Dramaturge	Auteur de pièces de théâtre.
Gestuelle	Ensemble des gestes qui accompagnent les paroles du personnage.
Monologue	Longue réplique prononcée par un personnage seul sur scène, et qui révèle ses sentiments.
Quiproquo	Malentendu, souvent comique, où l'on prend une chose ou une personne pour une autre.
Rampe	Rangée de lumières au bord d'une scène de théâtre.
Réplique	Paroles prononcées par un personnage et précédées de son nom.

À lire et à voir

● AUTRES PIÈCES DE SCHWARTZ

L'Ombre
L'Avant-scène, 2005.

> Un conte théâtral sur une ombre affranchie qui sème la terreur.

Le Roi nu
Les solitaires intempestifs, 2003.

> Un conte théâtral sur l'aveuglement d'un roi et de ses sujets.

● LA DÉNONCIATION DU TOTALITARISME

Eugène Ionesco
Rhinocéros
Gallimard, 1960.

> Une pièce jouant sur l'absurde, où les hommes deviennent rhinocéros.

Arthur Koestler
Le Zéro et l'Infini
Calmann-Lévy, 1945.

> Un roman sur la négation de l'individu dans un système répressif.

George Orwell
1984
Gallimard, 1972.

> Un roman d'anticipation sur l'État policier.

Evgueni Zamiatine
Nous autres
Gallimard, 1971.

    L'un des premiers romans décrivant l'avenir totalitaire du communisme.

● L'URSS AU QUOTIDIEN

Antoine Auger, Dimitri Casali, Alain Mounier
Staline et son temps
Mango, 2004.

    Un livre instructif sur l'URSS de Staline.

Nina Lougovskaïa
Journal d'une écolière soviétique
Pocket, 2007.

    Le journal intime d'une adolescente arrêtée à l'âge de 19 ans par le NKVD.

Nikolaï Maslov
Une jeunesse soviétique
Denoël Graphic, 2004.

    Une bande dessinée sur la jeunesse dans les années 1970.

Soleil trompeur
Film de Nikita Mikhalkov (1994)

    Un film sur un commandant de division sur le point d'être arrêté par le NKVD.

www.ina.fr/fresques/jalons/parcours/0024_1

Site Internet de l'INA.

Jalons pour l'histoire du temps présent : film de propagande soviétique.

● LANCELOT ET LES CHEVALIERS ERRANTS

Anne-Marie Cadot-Colin
Perceval ou le conte du graal
Hachette, 2007.

Une adaptation du roman médiéval sur un chevalier en quête du graal.

Chrétien de Troyes
Lancelot ou le chevalier de la charrette
Hachette, 2006.

Un roman courtois du Moyen Âge sur les épreuves de Lancelot pour libérer sa dame.

Lancelot, le premier chevalier
Film de Jerry Zucker (1994)

Un film d'aventure sur les chevaliers de la Table ronde autour du vaillant Lancelot.

Table des illustrations

Plat 2	ph © FineArtImages / Leemage
2	ph © RIA Nowosti / Akg-images
7	ph © KEYSTONE-FRANCE
8	ph © DR
17, 81	ph © Ramon Senera / CDDS Enguerand Bernand
114 à 141	Coll. Archives Hatier
117	ph © Lee / Leemage
118	ph © Bianchetti / Leemage
139	© Victor Molev
145	ph © Mark Markov-Grinberg / Fotosoyuz
146	ph © RIA Nowosti / Akg-images
148	ph © MP / Leemage
150	ph © RIA Nowosti / Akg-images
151	ph © Farabola / Leemage
153	ph © Tal / Rue des Archives
Plat 3	ph © FineArtImages / Leemage

Iconographie : Hatier Illustration
Principe de maquette : Marie-Astrid Bailly-Maître & Sterenn Heudiard
Suivi éditorial : Raphaële Patout
Illustrations intérieures : Erwan Fages
Mise en pages : Facompo

Hatier s'engage pour l'environnement en réduisant l'empreinte carbone de ses livres. Celle de cet exemplaire est de :
500 g éq. CO$_2$
Rendez-vous sur www.hatier-durable.fr

Achevé d'imprimer par Grafica Veneta à Trebaseleghe - Italie
Dépôt légal : 95907-3/08 - Septembre 2020